Ramón J. Sender:

Rekviemo por hispana kamparano

Ramón J. Sender

Rekviemo por hispana kamparano

Tradukita el la hispana de
Antonio Valén

MONDIAL

Mondial
Novjorko

Ramón J. Sender:
Rekviemo por hispana kamparano

Originala titolo:
Réquiem por un campesino español

El la hispana tradukis Antonio Valén

Provlegis Edmund Grimley Evans kaj Joxemari Sarasua

La eldonon ebligis i.a. la heredintoj de Ramón J. Sender,
kiuj malavare cedis la traduk-rajton.

Dankindas ankaŭ José María Salguero "Kani"
pro liaj diversaj elpaŝoj.

Kovrilo: Mondial kaj Antonio Valén

ISBN 9781595695178

www.esperantoliteraturo.com

La pastro atendis en fotelo kun la kapo klinita sur la rekviemo-kazublo. La sakristio odoris je incenso. En angulo kuŝis fasko da oliv-branĉetoj postrestintaj la Palmodimanĉon. Ĝiaj folioj elsekiĝis kaj ŝajnis metalaj. Pastro Millán evitadis tanĝi ilin preterpase, ĉar ili disiĝemis kaj falis planken.

La mes-knabo en blanka surpliso rapidis tien-reen. La du fenestroj de la sakristio rigardis al la malgranda ĝardeno de la parokestrejo: de trans la vitroj alvenis dampita rumoro.

Iu vigle balais. Aŭdeblis la balailo seke frapanta kontraŭ la ŝtonojn, kaj ankaŭ voĉo, kiu vokis:

— María…! Manjo…!

Apud la duonaperta fenestro, akrido kaptita en la branĉetoj de arbusto penis malimplikiĝi kaj despere baraktis. Pli fore, en la direkto al la placo, ĉevalido henis. "Jen probable – pensis pastro Millán – la ĉevalido de Franĉjo de la Muelejo, kiu libere iras tra la vilaĝo, kiel kutime". Li ĉiam opiniis, ke tiu senstala ĉevalido prezentas konstantan memorigon pri Franĉjo kaj ties malfeliĉo.

Li plu preĝis, kun la kubutoj sur la fotel-brakoj kaj la manoj interplektitaj sur la nigra kazublo kun oraj brodaĵoj. Post kvindek unu jaroj ripetante la samajn frazojn, li atingis aŭtomatecon tute laŭan por turni siajn pensojn aliloken dum preĝado. Kaj lia imago vagis tra la vilaĝo. Li esperis, ke la parencoj de la forpasinto aliĝos al la ceremonio: li fakte kredis, ke ili ĉeestos – ili ne povus ne veni, ĉar temas pri rekviemo – eĉ se li decidis fari la meson nepetite. Li ankaŭ esperis, ke la amikoj de la mortinto venos, sed pri tio li ne certis. Siatempe, preskaŭ ĉiuj vilaĝanoj amikis al Franĉjo, krom la familioj de sinjoro Valeriano kaj de sinjoro Gumersindo, la du plej riĉaj en la vilaĝo. La tria monhava familio, tiu de sinjoro Cástulo Pérez, nek amikis nek malamikis al Franĉjo.

La mes-servanto eniris, prenis sonorileton de sur proksima loko kaj tenis ĝian frapilon por eviti tintadon. Antaŭ ol li eliris, pastro Millán demandis:

— Ĉu la parencoj venis?

— Kiuj parencoj? – diris la knabo.

— Ĉu vi perdis la saĝon? Ĉu vi ne memoras Franĉjon de la Muelejo?

— Ha, jes, sinjoro. Sed ankoraŭ neniu envenis la preĝejon.

La knabo reeliris al la altarejo pensante pri Franĉjo. Li ja memoris: li vidis lin morti. Poste naskiĝis popola romanco, kiun li sciis nur fragmente:

Franĉjo de la Muelejo
iras la tombejan padon,
kaj li ploras, kondamnite,
dum li vojas al fatalo.

La plorado malveris, ĉar li vidis Franĉjon, kaj tiu ne ploris. "Lin kaj la aliajn mi vidis – li diris al si – el la aŭto de sinjoro Cástulo. Mi kunportis la sakon kun la lasta ŝmiro, por ke pastro Millán sanktoleu la piedojn de la mortintoj". Ire-revene, li kantetis la romancon kaj nekonscie alĝustigis siajn paŝojn laŭ ĝia takto:

…atinginte la kradaron,
la centestro krias "Halt!"

Li trovis la aludon al centestro ne tro kongrua: tio taŭgus prefere por la Pasko-tempo kaj ĝiaj procesiaj figuro-paradoj pri la preĝo sur la Olivarba monto. Tra la fenestroj de la sakristio enŝvebis nun odoro de bruligita herbo, kiu igis pastron Millán, ĉiam preĝantan, nostalgii sian jun-econ. Li jam oldis kaj alvenis iom post iom – li pensis – al tiu aĝo, kiam salo iĝas sengusta, kiel estas skribite en la Biblio. Li preĝis tradente, apogante la kapon sur loko de la muro, kie malhela makulo formiĝis kun la tempopaso.

La knabo prenis la misalon, la buretojn kaj la stangon por ĉendi kandelojn.

— Ĉu estas homoj en la kirko? – redemandis la pastro.

— Ne, sinjoro.

Pastro Millán rezonis: "Estas tro frue. Krome, la kamp-aranoj ankoraŭ ne finis la draŝadon". Sed la familio de la mortinto ne povis ne ĉeesti. La sonoriloj plu laŭtis pro-funde, dise, lante, kiel konvenas por funebraĵo. Li etendis la krurojn. Sur la esparta mato, la ŝu-pintoj elstaris sub la albo, kies bordero komencis disfadeniĝi. Krome, la ledo de la ŝuoj jam ricevis fendojn ĉe la loko, kie ili fleksiĝas dum paŝado, kaj la sacerdoto pensis: "Mi devos ripari ilin". La ŝuisto ĵus ekloĝis en la vilaĝo. Lia antaŭulo ne frekventis la meson, tamen li plej diligente laboris por la pastro kaj proponis al li favoran prezon. Tiu ŝuisto kaj Franĉjo de la Muelejo iam estis grandaj amikoj.

Pastro Millán rememoris la bapto-tagon de Franĉjo en la vilaĝa preĝejo. La mateno leviĝis karakterize frida kaj or-ĉiela: la riverborda gruzo tapiŝanta la placon dum la Kristo-korpa festo krakis subpiede pro la malvarmo. La bapto-patrino tenis la bebon ĉirkaŭvolvitan en riĉaj vindoj kaj en pelerino el blanka sateno kun silka brodaĵo same blanka. La luksaĵoj de kamparanoj limiĝas al la sakramentaj ritoj. Kiam la bapto-festantoj eniris la kirkon, la etaj sonoriloj tintis gaje. Oni povis ekscii, ĉu la baptoto estas knabo aŭ knabino. Por knaboj, la sonoriloj kantis per malsamaj tonoj: *ne ino, sed vir'; ne ino, sed vir'*. Por knabinoj, la melodio iom ŝanĝiĝis: *ne vir', sed ino; ne vir', sed ino*[1]. La vilaĝo proksimis al la kataluna limo, kaj la kamparanoj fojfoje uzis katalunajn vortojn.

Ĉe la alveno de la bapto-festantoj, infanaj ĝoj-krioj el la placo atingis la preĝejon, kiel ĉiam. La bapto-patro kunportis paperan sakon kun draĝeoj kaj bombonoj, kaj disĵetis ilin per plenmanoj. Se li ne farus tion, li sciis, ke la infanoj kontraŭstarus la feston per ofendaj frazoj pri la ĵusnaskito kaj ties malsekaj vindoj.

Oni aŭdis la resaltojn de la draĝeoj sur pordoj kaj fenestroj, kaj eĉ sur la kapoj de la infanoj, kiuj tute ne plendis. La etaj sonoriloj plu kantis el la turo *ne ino, sed vir'*, kaj la kamparanoj eniris en la preĝejon, kie pastro Millán atendis jam en kazublo.

La sacerdoto memoris tiun ceremonion inter cent aliaj, ĉar temis pri la bapto de Franĉjo de la Muelejo. Estis pluraj homoj funebre vestitaj en solena sinteno; virinoj en mantilo aŭ nigra ŝalo; viroj en amelita ĉemizo. La santakvujo de la bapto-kapelo elvokis antikvajn misterojn.

Poste, li gastis ĉe la familia tablo. Tial, ke la vintraj festadoj kutime pli modestis ol la someraj, la manĝo estis relative sobra. Li memoris masivon de ornamitaj kandeloj spiral-formaj sur alia tablo kaj ankaŭ lulilon, funde de la ĉambro. Apud ĝi la patrino, et-kapa kaj grand-mama,

---

1 La du frazoj katalune en la originalo.

sidis per la majesto de la ĵusnaskintoj. La patro okupiĝis pri la amikoj. Iu iris al la lulilo kaj demandis lin:

— Ĉu li estas via filo?

— Nu, mi ne scias – reagis la patro kun serena ironio al la superflua demando –. Sed li ja estas filo de mia edzino.

Li rid-eksplodis. Pastro Millán, dume leganta sian ekzorc-libron, levis la kapon:

— Ej! Ne estu maldelikata. Kion vi gajnas de tiaj ŝercoj?

Ankaŭ la virinoj ridis, ĉefe Jerónima – akuŝistino kaj kurac-ĉarlatano –, kiu tiam alportis kokin-buljonon kaj glason da moskatelo por la patrino. Ŝi poste malkovris la bebon kaj ŝanĝis la pansaĵon sur la eta umbiliko.

— Belege, knabo! Vi facile trovos partneron en la baloj! – ŝi diris, aludante la grandon de liaj generiloj.

La bapto-patrino emfazis, ke ĉe la baptiĝo la infano elmetis la langon por akcepti la salon, kio igis ŝin konkludi, ke li estos gracia kaj loga por virinoj. La patro iris tien-reen tra la ĉambro, kaj fojfoje haltis por observi la ĵusnaskiton pensante: "Jen la vivo! Antaŭ ol ĉi tiu bubeto alvenis, mi estis nur la filo de mia patro. Nun mi estas ankaŭ la patro de mia filo".

— La mondo rondas kaj ruliĝas – li diris.

Pastro Millán certis, ke oni surtabligos kutiman pladon ĉe tiu familio, nome marinitan perdrikaĵon. Flarinte ĝin, li stariĝis, iris al la lulilo kaj elprenis el sia breviero tre malgrandan skapularion, kiun li metis sub la kapkusenon. Li rigardis la infanon plu preĝante: *ad perpetuam rei memoriam*[2]... La bebo ŝajne rimarkis sian protagonadon kaj ridetis dumdorme. Pastro Millán deiris pensante: "Kial li ridetas?". Li diris tion laŭte, kaj Jerónima respondis:

---

2 Latine: "por ke oni ĉiam memoru tion".

— Ĉar li sonĝas. Li sonĝas pri riveroj da varma lakt-
eto.

La diminutivo "lakteto" sonis iom bizare, sed multaj
frazoj de Jerónima strangis.

Kiam ĉiuj gastoj alvenis, la manĝado ekis. La feliĉa
nova patro sidis ĉe-kape, kaj la avino invitis la sacerdoton
al la alia tablo-kapo dirante:

— Jen la seĝo por la dua patro.

Li konsentis kun ŝi: la knabo naskiĝis dufoje, kaj al
la mondo kaj al la eklezio, kaj ja la parokestro estis la
patro de la dua naskiĝo. Li prenis malmultan manĝon: li
preferis atendi la perdrikaĵon.

Dudek ses jarojn poste, la pastro en kazublo reme-
moris tiun perdrikaĵon, kaj antaŭ la meso, kun la stomako
malplena, li elvokis la odorojn de ajlo, oliv-oleo kaj milda
vinagro. Dum la sonorado li momente delasis siajn
pensojn kaj rigardis la mes-knabon. Tiu ne sciis la tutan
romancon pri Franĉjo kaj staris ĉe la pordo, kun kurba
fingro inter la dentoj, serĉante la versojn:

...ili iras, ili iras
kunligitaj je la brakoj.

La knabo ne forgesis la scenon, plenan de sango kaj paf-
bruoj.

La pastro plu rememoris la baptofeston, kaj la mes-
servanto ripetis iom sencele:

— Mi ne scias, kial hodiaŭ neniu venas al la preĝejo,
pastro Millán.

La sacerdoto sanktoleis la bebon Franĉjo sur la molan
nukon, kiu formis du haŭt-sulketojn ĉe la dorso. "Nun –

li pensis – lia nuko jam kuŝas sub la tero: polvo refariĝis polvo". Tiun matenon ĉiuj observis la bebon – precipe la patro – sendube feliĉe, sed ankaŭ konfuzite, se juĝi laŭ iliaj mienoj. Nenio estas pli mistera ol ĵusnaskito.

Pastro Millán memoris, ke tiu familio ne estis aparte pia, sed plenumis siajn parokajn devojn kaj tenis la kutimon donaci lanon kaj tritikon al la eklezio ĉiun aŭguston. "Ili faris la donacojn ne pro devoteco, nur pro tradicio – pensis pastro Millán –. Tamen ili ja faris".

Jerónima bone sciis, ke la pastro ne rigardas ŝin per favoraj okuloj. Kelkfoje ŝi, per sia metio kaj siaj klaĉoj – aŭ *diraĵoj*, kiel ŝi nomis ilin –, iomete agitis la serenan akvon de la vilaĝo. Aliflanke, ŝi preĝis strangajn preĝojn por forpeli hajlon kaj eviti inundon. Al tiu finiĝanta per "…justa sanktulo, forta sanktulo, senmorta sanktulo: liberigu nin, Sinjoro, de ĉia malbono", ŝi aldonis frazon en la latina, kiu sonis kiel obscenaĵo, kaj kies veran signifon la pastro ne povis elĉifri. Ŝi diris la frazon tute naive kaj, kiam li demandis pri la deveno de tiu latinaĵo, ŝi ĉiam respondis, ke ŝi lernis ĝin de sia avino.

Pastro Millán certis, ke se li levus la lulilan kapkusenon, li trovus amuleton. Jerónima plej ofte almetis al knaboj tondileton kruce malfermitan por ŝirmi ilin kontraŭ vundo de glavo – de kruela glavo, ŝi diris –, kaj al knabinoj, rozon, kiun ŝi mem elsekigis sub la lun-lumo, por favori ilian belecon kaj por gardi ilin kontraŭ malfacilaj menstruoj.

Tiutage incidento naskis intiman ĝojon en pastro Millán. La vilaĝa kuracisto, juna viro, envenis, salutis, demetis kaj viŝis la okulvitrojn – kiuj vualiĝis ĉe la eniro –, kaj iris al la lulilo. Esplorinte la bebon, li akra-tone indikis al Jerónima, ke ŝi ne plu tuŝu la umbilikon de la ĵusnaskito kaj ankaŭ ne ŝanĝu lian vindotukon. Li parolis seke kaj, aldone, faris tion publike. Eĉ la homoj en la kuirejo aŭdis lin.

Kiel atendeble, Jerónima elverŝis sian koron tuj post lia foriro. Ŝi diris, ke ŝi neniam konfliktis kun la maljunaj kuracistoj, sed tiu junulo kredas, ke nur lia sciado valoras: "Barelo malplena sonas plej laŭte". La kuracisto estis bel-korpa kaj -maniera, tamen ne pur-konscienca. Ŝi provis adversigi la edzojn kontraŭ li. Ĉu ili ne vidis, ke li envenadas hejmojn senaverte kaj iras rekte en la dormoĉambron, negrave, ĉu la familia ino vestas sin en tiu momento? Kelkaj estis surprizitaj en kamizolo aŭ subjupo. Kaj kion ili faris, kompatindaj? Nu, nenion. Ili nur ekkriis kaj kuris al alia ĉambro. Ĉu fraŭlo sen fianĉino rajtas tiel eniri en fremdan domon? Jen kia estas la kuracisto! Jerónima plu plendis, sed la viroj ignoris ŝin. Fine, pastro Millán intervenis:

— Silentu, Jerónima – li diris –. Kuracistoj indas je respekto.

— Ne Jerónima kulpas – iu ripostis –. Kulpas... la drinkaĵo!

La kamparanoj parolis pri sia laboro. La tritiko bone kreskis, la legomoj ĝermadis en la sem-bedoj kaj printempe estos plezure semi melonojn kaj laktukojn. Kiam pastro Millán rimarkis, ke la babilado malvigliĝas, li ekadmonis ilin eviti superstiĉojn. Jerónima aŭskultis silente.

La pastro ĉiam parolis pri la plej seriozaj aferoj per kamparanaj esprimoj. Li diris, ke la eklezio ĝojas pro la nova nasko ne malpli ol la gepatroj, kaj ke oni fortenu la infanon de superstiĉoj, ĉar tiuj satanaĵoj povus noci lin estonte. Li sugestis, ke la knabo eble estos nova Saŭlo por la kristanaro.

— Verdire mi preferas, ke li estu rezoluta viro kaj fariĝu brava ĉefkultivisto – reagis la patro.

Jerónima ekridis nur por ĝeni la pastron. Kaj ŝi aldonis:

— Neniu scias, kio la knabo estos. Prefere ne kleriko.

Pastro Millán rigardis ŝin iom ŝokite:

— Vi ja estas kruda, Jerónima.

Iu alvenis kaj petis la kuracantinon. Kiam ŝi foriris, la sacerdoto iris al la lulilo, levis la kapkusenon kaj trovis najlon krucitan kun eta ŝlosilo. Li transdonis ilin al la patro dirante: "Vidu". Tuj sekve li mallonge preĝis kaj ripetis, ke la eta Franĉjo, kiu eble iam estos ĉefkultivisto, jam nun estas lia spirita filo, kaj li do devas zorgi pri lia animo. Li sciis, ke la superstiĉoj de Jerónima ne povas vere damaĝi, sed ankaŭ ne vere utili.

Longe poste, kiam Franĉjo iĝis Francisko kaj finis sian militservon, kaj kiam li mortis, kaj kiam pastro Millán atendis por fari la datrevenan meson, Jerónima ankoraŭ vivis, kvankam ŝia senileco igis ŝin diradi sensencaĵojn, kaj ĉiuj ignoris ŝin. La mes-knabo staris ĉe la sakristia pordo kaj elmetis la kapon de tempo al tempo por gvati la preĝejon kaj diri:

— Neniu envenis.

La pastro levis la brovojn pensante: "Mi ne komprenas". La tuta vilaĝo ŝatis Franĉjon, krom sinjoro Gumersindo, sinjoro Valeriano kaj, eble, sinjoro Cástulo Pérez. Sed pri la sentoj de ĉi lasta, oni ne povus certi. Ankaŭ la mes-servanto parolis al si mem per la romanco pri Franĉjo:

Ombroj sidas sur la holmoj,
sur la monto serĉas lampoj...

Pastro Millán fermis la okulojn kaj plu atendis. Li rememoris pliajn detalojn de la infanaĝo de Franĉjo. Li amis la knabon, kaj la knabo amis lin. Infanoj kaj bestoj ĉiam reciprokas amon.

La sesjara Franĉjo jam elglitis el sia hejmo kaj grupiĝis kun aliaj buboj por en- kaj eliri la kuirejojn de la vilaĝo. Kamparanoj sekvas malnovan proverbon: "Mungu kaj enhejmigu la filon de via najbaro". Kiam Franĉjo estis iom pli ol sesjara, li ekfrekventis la lernejon, kiu situis proksime de la domo de pastro Millán, kaj fojfoje la infano propravole vizitis lin. Tio kortuŝis la sacerdoton, kaj li donis al la knabo religiajn kolor-bildojn. Se la infano hazarde renkontis la ŝuiston post la vizitoj, tiu diris:

— Mi vidas, ke vi tre amikas al la pastro.

— Ĉu ankaŭ vi? – demandis la knabo.

— Ho! – respondis la ŝuisto elturniĝe –. Pastroj plej multe laboras... por ne labori! Sed pastro Millán estas vera sanktulo.

Li prononcis la lastan frazon kun troigita respekto, por ke neniu povu supozi, ke li diras tion serioze.

La juna Franĉjo malkovris la vivon. Unu tagon, en la parokestrejo, li vidis, ke la sacerdoto ŝanĝas sian sutanon, kaj li rimarkis la suban pantalonon: surprizite, li ne sciis kion pensi.

Renkontinte la patron de Franĉjo, pastro Millán ĉiam demandis pri la infano per flata esprimo:

— Kie estas via filo kaj heredonto?

La patro de Franĉjo posedis magran, malbelan hundon. Kamparanoj traktas siajn hundojn indiferente kaj kruele: certe tial la bestoj amegas ilin. La hundo kelkfoje akompanis la knabon al la lernejo. Ĝi paŝis apude senlude kaj sengaje, gardante lin per sia nura ĉeesto.

Tiutempe Franĉjo provadis komprenigi la hundon, ke ankaŭ la hejma kato rajtas vivi. La hundo opiniis alie, kaj la sieĝata kato devis forfuĝi en la kamparon. Franĉjo volis reakiri ĝin, sed lia patro diris, ke la ŝancoj estas nulaj, ĉar sovaĝa besto sendube ĝin mortigis. Gufoj kutime ne toleras aliajn noktovidantojn en siaj ĉasejoj: ili persekutas katojn kaj manĝas ilin. Kiam li eksciis tion, la nokto iĝis mistera kaj timinda en lia imago, kaj li streĉis la orelon ĉe ĉiu enlitiĝo por aŭdi la eksterajn bruojn.

La gufoj dominis nokte, sed tage regis la knaboj, kaj la sepjara Franĉjo estis ja petolema. Liaj noktaj timoj kaj zorgoj ne malhelpis lin lukti kun aliaj kamaradoj post la lernejaj lecionoj. Jam tiam li rolis kiel ia duaranga mes-servanto. Inter la trezoroj de la vilaĝaj infanoj elstaris malnova revolvero, kiu estis objekto de tiom da mar-ĉandoj, ke ĝi ne restis pli longe ol semajno en la samaj manoj. Kiam Franĉjo havis ĝin – pro gajno en ludo, pro interŝanĝo –, li ĉiam ĝin kunportis kaj, dum li servis mese, li metis ĝin sub la surpliso. Foje li ŝanĝis la misalon de unu flanko de la altaro al la alia, kaj kiam li genufleksis antaŭ la tabernaklo, la armilo falis sur la podion kun granda bruo. Momenton poste la du servantoj impetis al ĝi, Franĉjo forpuŝis la alian kaj reprenis sian revolveron. Li suprenlevis la sutanon, relokis ĝin ĉe la zono kaj res-pondis al la sacerdoto:

— *Et cum spiritu tuo*[3].

---

3 Latine: "kaj [la Sinjoro estu ankaŭ] kun via spirito", rita respondo en parto de la katolika meso al la pastra frazo *Dominus vobiscum* "La Sinjoro estu kun vi". La agado okazas antaŭ la dua Vatikana Koncilio (1962-1965), t.e. kiam oni ankoraŭ ne permesis la faradon de katoli-kaj mesoj en aliaj lingvoj ol la latina.

Post la meso, pastro Millán venigis Franĉjon, skoldis lin kaj petis lian revolveron – sed Franĉjo jam kaŝis ĝin malantaŭ la altaro. La pastro priserĉis la knabon kaj nenion trovis. Franĉjo nur neadis kaj plu ĉion malkonfesus eĉ kontraŭ mil ekzekutistoj de la iama Inkvizicio. Fine pastro Millán kapitulacis, tamen demandis lin:

— Kiel tiu revolvero povus utili al vi, Franĉjo? Ĉu vi volas mortigi iun?

— Certe ne.

Li diris, ke li ĝin kunportas por eviti, ke pli malsaĝaj knaboj uzu ĝin. Tia preteksto surprizis la sacerdoton.

Pastro Millán interesiĝis pri Franĉjo, ĉar li sciis, ke liaj gepatroj ne estas tre religiemaj. Li kredis, ke se li povus logi la infanon al la eklezio, li eble altirus ankaŭ la ceteran familion. Franĉjo estis sepjara, kiam la episkopo vizitis la vilaĝon por konfirmacii la geknabojn. La aspekto de la prelato – grizhara, altstatura maljunulo – impresis Franĉjon. Liaj mitro, pluvialo kaj ora bastono ebligis al la infano fari al si proksimuman ideon pri la bildo de Dio en la ĉielo. Post la konfirmacio la episkopo parolis kun Franĉjo en la sakristio kaj nomis lin *kerubo*. Franĉjo neniam aŭdis tiun vorton. La dialogo jenis:

— Kiel vi nomiĝas, kerubo?

— Franĉjo, je la servo de Dio kaj de via episkopa moŝto.

La knabo bone lernis la lecionon. La episkopo tre afable plu demandis:

— Kio estos via profesio? Ĉu kleriko?

— Ne, via moŝto.

— Ĉu generalo?

— Ankaŭ ne, via moŝto. Mi estos terkulturisto, kiel mia patro.

La episkopo ridis. Franĉjo rimarkis sian sukceson kaj aldonis:

— Jes. Mi havos tri parojn da muloj kaj kondukos ilin tra la ĉefstrato kriante: "Punktitooo, Kapitanooo! Sakristo je mil diabloooj…!".

La pastro maltrankviliĝis kaj mangeste petis lin silenti. La episkopo ridis denove.

Pastro Millán profitis la emocion pro la episkopa vizito por ekprepari Franĉjon kaj aliajn geknabojn al la unua komunio. Samtempe, li decidis, ke pli utilas ne riproĉi, sed komplici la etajn petolaĵojn de la buboj. Kvankam li sciis, ke Franĉjo havas la revolveron, li ne redemandis lin prie.

Franĉjo estis memfida infano. La ŝuisto fojfoje rigardis lin per ioma ironio – kial? –, kaj okaze de vizitoj al lia hejmo, la kuracisto diris al li:

— Saluton, Cabarrús![4]

Preskaŭ ĉiuj najbaroj kaj amikoj de la familio gardis sekreton por Franĉjo: la revolveron, rompitan fenestro-vitron, ŝtelon de kelkaj manplenoj da ĉerizoj en ĝardeno… La plej granda estis tiu de pastro Millán.

Unu tagon, la pastro instruis al Franĉjo malsimplan taskon, nome kiel fari memekzamenon sekvante la deka-logon. Ĉe la sesa ordono, la sacerdoto hezitis por momento kaj diris:

— Malatentu ĉi tiun, ĉar vi ankoraŭ ne faris tiajn pe-kojn.

Post cerbumado, Franĉjo konkludis, ke la pastro celis la rilaton inter viroj kaj virinoj.

---

4 Aludo al la grafo Francisco de Cabarrús (1752-1810), franc-devena financisto, kiu loĝis en Hispanio ekde 1770. Li famis pro sia defendo de la klerismaj idealoj.

Franĉjo ofte iris al la kirko, sed helpis fari la meson, nur se du servantoj necesis. En la tempo de la Sankta Semajno, li eksciis gravajn aferojn. Dum tiuj tagoj, ĉio ŝanĝiĝis en la templo. Oni kovris la figurojn per violaj tukoj kaj ankaŭ la ĉefaltaron per grandega malva tolo. Flanka navo transformiĝis iom post iom en strangan, mistero-plenan lokon: temis pri *la monumento*, kies antaŭa parto estis alirebla dank' al larĝa ŝtuparo kun nigra tapiŝo.

Ĉe la piedo de la ŝtuparo, sur blanka kusenego el sateno, kuŝis metala krucifikso sub viola tolo, kiu konturis romboidon sur la ekstremoj de la kruco. Tol-rande ekmontriĝis ties tajlita bazo: la fideluloj alpaŝis, genufleksis kaj kisis ĝin. Apude, granda pleto entenis du aŭ tri arĝentajn monerojn kaj multajn pliajn el kupro. Tiu kvieta parto de la ombro-plena preĝejo, kun ŝtuparo prilumata de kandelabroj kaj brulantaj kandeloj, impresis Franĉjon iel arkane.

En nevidebla loko malantaŭ la monumento, du viroj ludis flute tre tristan melodion. Ĝi estis nelonga kaj senfine sonadis la tutan tagon. Franĉjo spertis ege kontrastajn sentojn.

Dum la Sanktaj Ĵaŭdo kaj Vendredo la sonoriloj silentis. Anstataŭe aŭdiĝis la knariloj. En la volbo de la sonoril-turo, du enormaj lignaj cilindroj kun alkroĉitaj vicoj de pendantaj frapiloj batis sur kavan lignon ĉe ĉiu turniĝo. La mekanismo sidis sur akso lubrikita per peĉo kaj enmasonita en du kontraŭaj muroj super la sonoriloj. Tiuj gigantaj knariloj estigis obtuzan bruon de skuataj ostoj. Siavice, la mes-knaboj sonigis etajn man-knarilojn dum la levo de la kaliko. Franĉjo mire rigardis kaj aŭdis ĉion.

Li ĉefe scivolis pri la statuoj ambaŭflanke de la monumento. Tiu ĉi elvokis la internon de supermezura fotografilo kun etendita balgo. La fasciniĝo venis el la fakto, ke li jam vidis tiujn figurojn polvo-kovritajn kaj sennazajn en formetejo de la templo, kie oni amasigis malnovaĵojn. Tie ankaŭ disis elkorpiĝintaj Kristo-kruroj; statuoj de nudaj, suferantaj martiroj; Veronika-tukoj⁵ kroĉitaj al la muro; kapoj de larmo-havaj *ecce homo*-j⁶; kaj tripiedoj faritaj el latoj kun virina busto tute supre, kiuj, sub konus-forma pelerino fariĝis Nia Sinjorino de la Senhelpaj.

La alia mes-knabo troigis sian familiarecon kun la figuroj, kiam li kaj Franĉjo duopis en la formetejo. Jen li ekrajdis sur apostolo kaj per la fingro-artikoj frapis ties kapon por scii – li diris – ĉu enestas musoj; jen dua apostolo ricevis rulitan paperon en la buŝon, kvazaŭ fumante; jen li elmetis la sagojn de sur la brusto de sankta Sebastiano kaj kruele repikis lin… En angulo staris la katafalko por funebraj mesoj sub nigra tolo punktita per vakso-larmoj. Ĝiaj kvar flankoj montris skelet-kapon kun du krucitaj tibioj. La alia servanto fojfoje sin kaŝis tie kaj kantis malrespektajn kantojn.

La matenon de la Sankta Sabato, la vilaĝaj infanoj alvenis al la preĝejo kun etaj ligno-marteloj uzataj nur en tiu tago. Ili taŭgis – eĉ se tio ŝajnas nekredebla – por mortigi judojn. Pastro Millán volis eviti eventualan difektadon de benkoj, kaj tial li venigis vendrede tri longajn ruin-trabojn ĉe la portikon. Teorie, la judoj estis ene de la traboj, kion la

---

5 Laŭ nekanona biblia teksto, Veronika donis tukon al Jesuo sur la kalvaria vojo, por ke li deviŝu ŝviton kaj sangon, kaj sur la tuko bildiĝis lia vizaĝo.

6 Latine: "jen la homo", vortoj de Poncio Pilato, kiam li prezentis Jesuon al la hom-amaso antaŭ lia krucumado. La arta termino *ecce homo* signifas skulptaĵon aŭ pentraĵon pri tiu sceno.

junaj imagoj senhezite allasis. La infanoj sidis malantaŭe kaj atendis dum la meso; tuj kiam la sacerdoto diris la vorton *resurrexit*[7], ili ekbatis kun terura bruo, kiu daŭris ĝis la kantado de halelujo kaj la unua klinklango.

Post la Sankta Semajno, Françĵo sentis sin kiel konvaleskanto. Li trovis la ĵusajn solenaĵojn eksterordinare bonaj, tiom pli pro iliaj strangaj nomoj, kiel *la tenebro* aŭ la predikoj de *la sep lastaj eldiroj*, de *la kiso de Judaso*, de *la ŝiriĝinta kurteno*… La Sankta Sabato kuntrenis la rekonkeron de lumo kaj ĝojo. Dum la sonoriloj turniĝadis en la turo – post tritaga silento – Jerónima plukis ŝtonetojn ĉe la rivero, kiuj, enbuŝigitaj, mildigos dento-doloron, ŝi diris.

Tiutempe Frančĵo kaj aliaj infanoj frekventis la domon de la pastro por sin prepari al la unua komunio. Pastro Millán instruis al ili kaj rekomendis, ke ili ne faru petolaĵojn: ili ne interluktu kaj ankaŭ ne iru al la publika lavejo, kie virinoj parolas iom tro libere.

Tio nur pliigis la scivolemon de la knaboj, kiuj ja streĉis la orelon, kiam ili preterpasis la lavejon. Konversante pri la unua komunio, ili imagis neverŝajnajn danĝerojn kaj asertis, ke oni devas ege malfermi la buŝon por akcepti hostion, ĉar, se ĝi tuŝus denton, la persono tuj mortus kaj irus rekte en la inferon.

Unu tagon, pastro Millán petis de la mes-servanto akompani lin por doni la lastan ŝmiron al viro grave malsana. Ili iris al la ĉirkaŭvilaĝo, kie kelkaj familioj loĝis ne en domoj, sed en grotoj boritaj en la rokoj. Oni envenis ilin tra ort-angula truo kun kalkita bordero.

Frančĵo portis sur la ŝultro veluran sakon, kien la pastro enmetis la bezonatajn liturgiaĵojn. Ili klinis la kapon

---

7   Latine: "li [= Jesuo] resurektis".

por eniri kaj atente paŝis: la loĝejo konsistis el du ĉam-
broj, kies diversaj planko-kaheloj ne tute samnivelis. Ves-
periĝis, kaj mankis lumo en la unua ĉambro, dum la duan
prilumis nura oleolampo. Oldulino en ĉifonoj atendis ilin
kun brulanta kandel-stumpo. La roka plafono estis tre
malalta. Normala starado eblis, tamen la pastro prudente
klinis la kapon. La sola ventolejo estis la ekstera pordo.
La okuloj de la oldulino sekis, kaj ŝia esprimo rivelis
lacon kaj fridan teruriĝon.

La agonianto kuŝis sur tabul-lito en angulo. La pastro
nenion diris, ankaŭ ne la virino. Aŭdeblis nur daŭra
raslo, ritma kaj raŭka, el la brusto de la malsanulo.
Francĵo malfermis la sakon, kaj la sacerdoto, surmetinte
la stolon, elplukis eretojn da sak-tolo kaj etan ole-vazon,
kaj ekpreĝis en la latina. La oldulino, kun la kandel-
stumpo enmane, aŭskultis rigardante al la planko. La
silueto de la mortanto – kies kapo sinkis sub leviĝanta
brusto – konturiĝis sur la muro: la plej eta kandel-movo
tremigis lian ombron.

La sacerdoto malkovris la piedojn de la viro. Ili estis
grandaj, sekaj, fendo-plenaj, ja piedoj de terkulturisto.
Poste li iris al la litkapo. La agonianto videble uzis sian
malmultan energion por la terura tasko plu spiri. La
stertoroj iĝis pli kaj pli raŭkaj kaj oftaj. Super la vizaĝo
de la malsanulo, Francĵo rimarkis du aŭ tri muŝojn, kiuj
ĉirkaŭflugis kaj brilis metale en la lumo. Pastro Millán
sanktoleis la okulojn, la nazon kaj la piedojn. La viro estis
senkonscia. La sacerdoto finis kaj diris al la edzino:

— Dio akceptu lin.

La oldulino restadis silenta. Ŝia mentono fojfoje trem-
etis, kaj tio elstarigis la mandiblon sub la haŭto. Francĵo
plu rigardis ĉirkaŭen. Mankis elektro, akvo, fajro.

Pastro Millán volis rapidi kaj foriri, tamen li provis ne montri sian haston, ĉar li trovis tion ne inda je kristano. La virino akompanis ilin kun la kandelo ĝis la elir-pordo. La sola meblo tie estis lama seĝo apogita al muro. En angulo de la alia ĉambro tri ŝtonoj nigriĝintaj pro la fumo kaj iom da nevarma cindro kuŝis planke. Sur enmura najlo pendis trivita jako. Ŝajnis, kvazaŭ la sacerdoto diros ion, sed li silentis. Ili eliris.

Jam noktis kaj la steloj punktis la ĉielon. Franĉjo demandis:

— Ĉu tiuj homoj estas malriĉaj, pastro Millán?

— Jes, mia filo.

— Ĉu tre malriĉaj?

— Jes, tre.

— Ĉu la plej malriĉaj en la vilaĝo?

— Nur Dio scias. Sed estas aferoj pli fiaj ol malriĉeco. Ili vivas mizere pro aliaj kialoj.

La knabo rimarkis, ke la sacerdoto respondas nevolonte.

— Kial? – li demandis.

— Ili havas filon, kiu povus ilin helpi. Mi tamen aŭdis, ke li sidas en prizono.

— Ĉu li mortigis homon?

— Mi ne scias, sed tio ne surprizus min.

Franĉjo ne povis ne paroli. Dum ili iradis senlume sur neebena tereno, li pensis pri la malsanulo kaj diris:

— Li nun mortas, ĉar li ne povas plu spiri. Ni foriris kaj li restis tute sola.

Ili ade paŝis. Pastro Millán aspektis tre laca. Franĉjo aldonis:

— Nu, kun la edzino. Dank' al Dio.

Estis sufiĉe longe ĝis la unuaj domoj. La pastro laŭdis la bonkorecon de la knabo kaj diris, ke lia kompatemo virtigas lin. Franĉjo ankoraŭ demandis, kial neniu vizitas la oldan paron, ĉu ĉar ili estas malriĉaj, aŭ ĉu ĉar ilia filo sidas en prizono. La pastro volis fini la dialogon kaj asertis, ke la agonianto tre baldaŭ mortos, iros en la ĉielon kaj feliĉos por ĉiam. Franĉjo rigardis la stelojn.

— Ilia filo certe ne estas fia, pastro Millán.

— Kial?

— Se li estus fia, li ŝtelus, kaj liaj gepatroj havus monon.

La pastro preferis ne respondi. Ili plu iris. Franĉjo sentis sin feliĉa kun la pastro. La fakto, ke ili amikis, donis al li ian aŭtoritaton, kvankam li ne povus diri kian. Ili silente paŝadis, sed alveninte al la preĝejo, Franĉjo redemandis:

— Kial neniu vizitas lin, pastro Millán?

— Ĉu tio gravas, Franĉjo? Mortanto, riĉa aŭ malriĉa, estas nepre sola, eĉ se aliaj vizitas lin. Jen la vivo, kaj Dio, kiu kreis ĝin, scias la kialon.

Franĉjo memoris, ke la malsanulo diris nenion, ankaŭ ne la virino. Liaj piedoj estis lignaj, kiel tiuj de la rompitaj krucifiksoj en la templa formetejo.

La sacerdoto enŝrankigis la krismujon en la sakristio. Franĉjo diris, ke li informos la vilaĝanojn, por ke ili vizitu la malsanulon kaj helpu ties edzinon. Li klarigos, ke pastro Millán sendas lin, kaj tial ĉiuj akceptos la proponon. La pastro konsilis, ke li prefere rehejmiĝu. "Ial Dio permesas malriĉon kaj doloron", li diris.

— Kion do vi povus fari? – li aldonis –. Tiuj grotoj ja mizeras, sed en aliaj vilaĝoj ili estas ankoraŭ pli malbonaj.

Nur duonkonvinkita Franĉjo reiris hejmen. Dum la vespermanĝo li tamen menciis du aŭ tri fojojn la agonianton kaj diris, ke ĉe li mankas eĉ iom da ligno por fari fajron. Liaj gepatroj silentis. La patrino iris kaj revenis. Franĉjo rimarkigis, ke la kompatindulo ne havas matracon kaj devas kuŝi sur tabul-lito. La patro ĉesis tranĉi panon kaj rigardis lin:

— Vi neniam plu akompanos la pastron por sanktolei mortanton.

La knabo ankoraŭ sciigis, ke la filo de la malsanulo estas en prizono, sed ne la patro kulpas.

— Ankaŭ ne la filo.

Franĉjo atendis, ĉu lia patro diros ion pli, sed tiu ekparolis pri aliaj aferoj.

Same kiel en multaj vilaĝoj, estis kunvenejo en la ĉirkaŭaĵo, kiun la kamparanoj nomis *la sunumejo*, ĉe la bazo de rok-kurteno rigardanta al la sudo. Ĝi estis varma vintre kaj friska somere, kaj la plej malriĉaj virinoj – ordinare jam oldaj – tie kudris, ŝpinis kaj babilis pri ĉio ajn.

Homoj frekventis la lokon ĉefe en vintro. Fojfoje okazis, ke oldulino kombis sian nepinon. Jerónima ĉiam gajis en la sunumejo, kaj ŝia gajo infektis la aliajn. De tempo al tempo, kiam la etoso en la sunumejo malvigliĝis, ŝi neatendite ekdancis laŭ la takto de la preĝejaj sonoriloj.

Ĝuste ŝi transdiris la novaĵon pri la kompatemo de Franĉjo al la familianoj de la sanktoleito. Ŝi klaĉis pri la malemo de la pastro helpi ilin – ja troige por plifortigi la efekton – kaj pri la patra malpermeso. Laŭ ŝi, la patro diris al pastro Millán:

— Kial vi rajtus igi mian filon akompani vin por sanktolei mortantojn?

Tio estis mensogo, sed en la sunumejo oni kredis ĉiun vorton de Jerónima. Ŝi respekteme parolis pri multaj vilaĝanoj, tamen ne pri la familioj de sinjoro Valeriano kaj de sinjoro Gumersindo.

Dudek tri jarojn poste, pastro Millán rememoris tiujn tagojn kaj suspiris en sia talaro dum li atendis kun la kapo apogita sur la muro – sur la loko kun la malhela makulo – la tempon ekigi la meson. Li pensis, ke la epizodo de la groto tre influis la ontan vivon de Françĵo. "Kaj li venis kun mi, mi irigis lin tien", li aldonis iomete perplekse. La mes-servanto revenis en la sakristion kaj diris:

— Ankoraŭ neniu envenis, pastro Millán.

Li ripetis la frazon, ĉar la sacerdoto, kun la okuloj fermitaj, ŝajne ne aŭskultis lin. La servanto recitis al si aliajn erojn de la romanco, kiu poiome revenis en lian kapon:

La serĉado sur la monto
estas kompleta fiasko.
La ĉasantoj kaj la hundoj
venas ĉe lin por spurado;
ili flaras, ili flaras
malnovajn vestojn de Françĵo.

La sonoriloj plu sonis. Pastro Millán ade rememoris Françĵon. "Ŝajnas, kvazaŭ nur hieraŭ li ricevis sian unuan komunion". La knabo rapide kreskis kaj tri aŭ kvar jarojn poste li preskaŭ atingis la grandon de sia patro. Ĉiuj nomadis lin ĝis tiam *eta Françĵo*, sed homoj eknomis lin *Françĵo de la Muelejo*, ĉar lia praavo posedis ne plu funkciantan muelejon, kiun la familio uzis kiel gren-silon. Tie ili ankaŭ bredis etan gregon da kaproj. Foje, en la akuŝa sezono, Françĵo alportis al la pastro kapridon, kiu tuj petoladis en la parokestreja ĝardeno.

Iom post iom, la knabo distanciĝis de la sacerdoto. Li malofte renkontis pastron Millán surstrate kaj cetere li ne havis tempon por iri viziti lin. En dimanĉoj li ĉeestis la meson – kun esceptoj somere – kaj li konfesis kaj komuniiĝis ĉiujare en Pasko.

Ankoraŭ senbarba, Frančjo jam imitis la manierojn de la adoltoj. Li senĝene iris al la publika lavejo kaj aŭskultis la babiladon de la junulinoj; eventuale li ankaŭ brave ripostis la piprojn kaj provoketojn, kiujn ili disfoje direktis al li. La lavejo situis en la tiel nomata placo de la Akvo, kaj ĝi efektive estis granda placo, kies du trionojn okupis sufiĉe profunda baseno. En la varmaj someraj posttagmezoj kelkaj junuloj naĝis tie tute nudaj. La lavantinoj nur ŝajne skandaliĝis: iliaj krioj, ridoj kaj dialogoj kun la junaj viroj rivelis praan ĝojon, dum alte sur la turo cikonioj klakadis.

Unu posttagmezon Frančjo de la Muelejo naĝis en la baseno kaj pli ol du horojn li elmontris sin senzorge kaj senurĝe spitante la ŝercojn de la lavantinoj. Ili diris incitajn vortojn, virinajn insultojn kun flata celo, kaj tio signis lian iniciĝon al la vivo de la junaj fraŭloj. De tiam liaj gepatroj permesis al li noktumi eksterhejme kaj reveni post ilia enlitiĝo.

Fojfoje Frančjo konversis kun sia patro pri la familia havaĵo. Unu tagon ili priparolis gravan aferon, nome la farmo-pagon de la ĉe-montaj paŝtejoj kaj ties koston. Ili pagis ĉiujare fiksan sumon al olda duko, kiu fakte ne konis la distrikton, kaj tamen enspezis rentojn de la kamparanoj de kvin najbaraj vilaĝoj. Frančjo opiniis, ke tio ne justas.

— Ĉu tio justas aŭ maljustas, demandu pastron Millán, kiu estas amiko de sinjoro Valeriano, la administranto de la duko. Faru do kaj vi vidos, kiel li reagos!

Ankoraŭ naiva, Franĉjo ja starigis la demandon al la pastro, kiu respondis:

— Ĉu tio koncernas vin, Franĉjo?

Franĉjo kuraĝis diri al li – ĉar li aŭdis de sia patro –, ke pluraj homoj en la vilaĝo vivas pli malbone ol bestoj, kaj ke oni povus fari ion por solvi tiun mizeron.

— Kiun mizeron? – respondis la pastro –. En aliaj lokoj estas eĉ pli granda mizero ol ĉi tie.

Kaj li akre skoldis lin pro la naĝado en la placo de la Akvo antaŭ la lavantinoj. Tion Franĉjo ne povis repliki.

La knabo iom post iom viriĝis kaj akiris fortikon. En la dimanĉaj posttagmezoj li ludis keglojn en nova korduroja pantalono, blanka ĉemizo kaj veŝto kun flor-desegnoj. Pastro Millán legis sian brevieron en la parokestrejo, dum li aŭdis la junulojn kaj la bruon de la karambolantaj kegloj kaj de la kupraj moneroj ĵetitaj surplanken por la vetoj. Fojfoje li iris al la balkono, vidis la altkreskan Franĉjon, kaj diris al si: "Jen li. Ŝajnas, kvazaŭ nur hieraŭ mi lin baptis".

Li triste meditis, ke knaboj kreskas kaj fremdiĝas al la eklezio en la adolta vivo, kvankam ĉiuj denove revenas atinginte la oldaĝon pro la minaco de la baldaŭa morto. Franĉjon la morto atingis longe antaŭ la oldaĝo, kion pastro Millán rememoris profunde enpensa, dum li atendis en la sakristio la tempon ekigi la meson. La sonoriloj ankoraŭ batis en la turo. Subite la mes-servanto diris:

— Pastro Millán, sinjoro Valeriano ĵus eniris en la preĝejon.

La pastro plu sidis kun la okuloj fermitaj kaj la kapo sur la muro. La servanto ade elbobenis la romancon:

...apud la montaj paŝtejoj
ili fine trovas Franĉjon:
"Donu vin al la justico,
aŭ vin ĝismorte ni pafos".

Sinjoro Valeriano ekmontris sin en la sakristio. "Ĉu vi permesas?", li diris. Li vestis sin kiel la ĉefurbanoj, sed kun kelkaj pliaj butonoj sur la veŝto, de kiu pendis dika or-ĉeno kun pluraj brelokoj sonantaj ĉiupaŝe. Lia frunto malvastis, kaj liaj okuloj evitis rektan rigardadon; lia mustaĉo falis flanken, tiel ke ĝi kovris la lip-angulojn. Kiam li parolis pri mon-donacoj, li ĉiam uzis la vorton "elspezo", kiun li trovis pli eleganta. Rimarkinte ke la pastro plu tenis la okulojn fermitaj kaj ne atentis lin, li eksidis kaj diris:

— Pastro Millán, la pasintan dimanĉon vi predikis de sur la ambono, ke oni devas forgesi. Forgeso ne facilas, sed jen mi alvenis la unua.

La pastro kapjesis sen malfermi la okulojn. Sinjoro Valeriano lasis sian ĉapelon sur seĝo kaj aldonis:

— Mi pagos la meson, se vi konsentas. Sciigu al mi la koston, kaj dirite, farite.

La pastro neis per la kapo kaj plu tenis la okulojn fermitaj. Li memoris, ke sinjoro Valeriano ĉefrolis por la fatala fino de Franĉjo. Li estis la administranto de la duko kaj ankaŭ posedis agrojn. Sinjoro Valeriano ree parolis, memkontente, kiel ĉiam:

— Mi ripetas, malŝatoj for. Pri tiaĵoj mi agas, kiel mia forpasinta patro.

Pastro Millán aŭdis la voĉon de Franĉjo en sia rememorado. Li pensis pri la tago de lia nupto. Franĉjo ne edziĝis blinde, malkiel aliaj junuloj, kiuj cedis al frua dezir-eksplodo: li ĉion faris poiome kaj response. La familio de Franĉjo precipe zorgis pro la ĉiujara kontingento de la armeo. La eblo, ke malalta numero trafos lin en la lotado, kaj li do devos militservi, tenis ĉiujn sendormaj.

La patrino de Franĉjo konsiliĝis kun pastro Millán, kiu rekomendis akiri la favoron de Dio per edifaj agoj.

Ŝi proponis al sia filo, ke la venontan Sanktan Vendredon li procesiu en pento-froko, nudpieda kaj kun tren-katenoj ĉirkaŭ la maleoloj, same kiel faris aliaj homoj. Franĉjo rifuzis. Ĉiujare li vidis pento-farantojn, kies ka-tenoj, pli ol ses metrojn longaj, resonis aspre kaj timige sur la slaboj kaj la kompakta grundo. Kelkaj pagis tiel, nur Dio scias kiajn pekojn kaj, laŭ ordono de la pastro, ili montris la vizaĝon, por ke la tuta vilaĝo vidu ilin. Aliaj simple volis peti gracon de Dio kaj preferis kovri sin per kapuĉo.

Vespere, kiam la procesio revenis al la preĝejo, la katenuloj sangis je la maleoloj. Ĉe ĉiu paŝo ili kuntiris la korpon sur la kontraŭan flankon kaj kliniĝis kiel lacaj bestoj. La kantoj de la bigotinoj super la grincado de trenataj feroj estigis bizaran kontraston. Kaj kiam la pento-farantoj envenis la templon, la bruado resonis eĉ pli laŭte sub la volboj. La knariloj dume klakis en la turo.

Franĉjo memoris, ke la plej maljunaj ĉiam montris la vizaĝon. Ĉe ilia defilado la klaĉulinoj softe elbuŝigis terurajn fiaĵojn.

— Rigardu – flustris Jerónima –. Jen Juan de la strateto Santa Ana. Li ŝtelis de la tajlor-vidvino.

La pento-faranto ŝvitis kaj plu trenadis siajn katenojn. Aliaj virinoj metis manon antaŭ la buŝon kaj diris:

— Tiu, Juan la bovisto, venenis sian patrinon per hidrargo por heredi de ŝi.

La patro de Franĉjo, ŝajne indiferenta pri religiaj aferoj, decidis tiujare kateni la maleolojn. Li vestis sin per kapuĉo kaj nigra froko, kaj alĝustigis blankan ŝnur-zonon al la talio. Pastro Millán miskomprenis la veran kialon kaj diris al Franĉjo:

— La ago de via patro ne estis tre valora, ĉar li faris tion por ŝpari al si la dungon de ĉefkultivisto, se vi fine devos militservi.

Franĉjo raportis tiujn vortojn al sia patro. Li ankoraŭ pansadis la vundojn per salo kaj vinagro, kaj ekkriis:

— Evidente pastro Millán ŝatas paroli multe pli ol necese.

Iel ajn, Franĉjo ricevis tre altan numeron en la lotado. La familianoj jubilis en la hejmo kaj devis kaŝi sian ĝojon surstrate por ne vundi la ricevintojn de malaltaj numeroj.

Laŭ la vilaĝanoj, la plej bonaj trajtoj de la fianĉino de Franĉjo estis diligento kaj laboremo. Antaŭ ol ili gefianĉiĝis, Franĉjo dum du jaroj ĉiutage preterpasis ŝian domon survoje al la agroj. Iom post la aŭroro ŝi metis la littukojn sur la fenestro-sojlojn, kaj krome ŝi ne nur balais kaj purigis la straton antaŭ sia domo, sed ankaŭ akvumis ĝin friskige en la someraj monatoj. Fojfoje Franĉjo vidis la knabinon, salutis ŝin, kaj ŝi reciprokis. Laŭlonge de du jaroj, la saluto iĝis ĉiam pli elkora, kaj ili interŝanĝis frazojn pri kamparaĵoj. Februare, ekzemple, ŝi demandis:

— Ĉu vi jam vidis tuf-alaŭdojn?

— Ankoraŭ ne. Ili tamen baldaŭ venos, ĉar uleksoj ekfloris.

Kelkajn tagojn Franĉjo timis ne trovi ŝin ĉe la pordo aŭ la fenestro kaj li do aŭdigis sin alkriante la mulojn kaj, se tio ne sufiĉis, kantante. Meze de la dua jaro, ŝi – kies nomo estis Águeda – rigardis lin en la okulojn kun samtempa rideto. Ŝi ĉeestadis la vilaĝajn balojn kune kun sia patrino kaj dancis nur kun Franĉjo.

Iom poste okazis fama incidento. Unu nokton la vilaĝestro malpermesis serenadojn, ĉar li sciis, ke estas tri malsamaj grupoj rivalaj, kiuj povus kaŭzi problemojn. Malgraŭ tio, Franĉjo elhejmiĝis por serenadi kun siaj amikoj, kaj la deĵoranta paro de ĝendarmoj dispelis la grupanojn kaj arestis lin. Ili kondukis Franĉjon al la kazerno, por ke li pasigu tiun nokton prizone, sed la junulo surprize forprenis de ili la fusilojn. Verdire la ĝendarmoj ne povis atendi ion tian de Franĉjo, ja ilia amiko. Li forportis la du pafilojn hejmen, kaj la morgaŭon ĉiuj vilaĝanoj sciis tion. Pastro Millán vizitis Franĉjon kaj rimarkigis al li, ke lia ago kuntrenos sekvojn kaj por li kaj por la tuta komunumo.

— Kial? – demandis Franĉjo.

Pastro Millán memoris, ke post simila epizodo en alia vilaĝo, la provinca registaro decidis senigi la municipon de ĝendarmoj dum dek jaroj.

— Imagu! – timo-plene substrekis la pastro.

— Al mi ne gravus, se la vilaĝo restus senĝendarma.

— Ne diru stultaĵojn!

— Mi parolas serioze, pastro Millán.

— Ĉu vi kredas, ke sen ĝendarmoj oni povus bridi homojn? Maliculoj abundas en la mondo.

— Mi ne samopinias.

— Kaj tiuj en la grotoj?

— Anstataŭ zorgi pri la ĝendarmoj, eble oni povus fari ion pri la grotoj, pastro Millán.

— Ja naiva vi estas!

Duonŝerce, duonserioze, la vilaĝestro rehavis la fusilojn kaj sukcesis forgesigi la skandalon. Tiu incidento famigis Franĉjon kiel aŭdaculon. Águeda kaj ŝatis tion kaj sentis malfidan nesekurecon.

Fine la paro interpromesis geedziĝon. La fianĉino estis pli energia ol ŝia estonta bopatrino kaj, kvankam Águeda ĉiam montris sin modesta kaj respektema, ilia rilato ne bonis. La patrino de Franĉjo ofte diris:

— Akvo trankvila estas akvo danĝera. Atentu, mia filo.

Franĉjo rigardis tion ŝerco: nur ordinara patrina ĵaluzo. Same kiel ĉiuj fianĉoj, Franĉjo serenadis en la noktoj kaj, la antaŭtagon de Sankta Johano, li almetis florojn kaj garbojn de vegetaĵoj al la fenestroj, pordo, tegmento kaj eĉ kamentubo de la fianĉina domo.

La nupto plenumis ĉies atendojn, kun impona festeno, muzikistoj kaj balo. Jam antaŭ la ceremonio multaj blankaj ĉemizoj estis vin-makulitaj, ĉar la kamparanoj obstinis trinki el fel-saketoj. Iliaj edzinoj protestis, sed ili ridis dirante, ke oni devas *ebriigi* la ĉemizon kaj poste doni ĝin al malriĉulo. Per tiu esprimo – "doni ĝin al malriĉulo" – ili fantaziis, ke ili ne malriĉas mem.

Dum la ceremonio, pastro Millán predike alparolis la gefianĉojn kaj memorigis, ke li baptis, komuniis kaj konfirmaciigis Franĉjon. Sciante, ke la paro ne tre emas al religiaĵoj, li aldonis, ke la eklezio estas la origino ne nur de la vivo surtera, sed ankaŭ de la vivo eterna. Kiel kutime en nuptoj, kelkaj virinoj ploris kaj brue mungis sin.

Pastro Millán parolis ankoraŭ longe kaj diris laste: "Mi, humila sacerdoto, benis vian nasko-liton, benas nun vian nupto-liton – li krucosignis – kaj benos siatempe vian morto-liton, se Dio tiel disponos. *In nomine Patris et Filii…*"[8].

Franĉjo pensis, ke la aludo al la morto-lito ne oportunas, kaj li momente rememoris la stertorojn de la kompatindulo, kies sanktoleadon li kunhelpis infanaĝe – jen la sola morto-lito, kiun li iam vidis. Sed nu, for tristaĵoj tiutage.

Ili eliris post la ceremonio. Ĉe la pordo atendis bando de pli ol dek kvin muzikantoj kun gitaroj, mandolinoj, latun-instrumentoj, tamburinoj kaj klarnetoj, kiuj entuziasme ekludis. En la turo batadis la plej eta sonorilo.

Junulino kun kruĉo sur kokso diris rigardante la nuptan defilon:

— Ĉiuj edziniĝas – krom mi!

La festantoj iris al la domo de la spozo. La kunbopatrinoj plu ploretis. En la sakristio pastro Millán rapide ŝanĝis vestojn por partopreni la bankedon kiel eble plej baldaŭ. Proksime de la spozo-domo li renkontis la ŝuiston en formala vesto. Li estis viro malgranda kaj, same kiel la plejparto de liaj kolegoj, ankaŭ larĝa-koksa. La pastro cidiris al ĉiuj, tamen vi-diris al la ŝuisto, kiun li demandis, ĉu li venis al la domo de Dio.

— Vidu, pastro Millán, se vere temas pri la domo de Dio, mi ne meritas esti tie; kaj se male – kial mi entute venus?

---

8 Latine: "En la nomo de la Patro kaj de la Filo [kaj de la Sankta Spirito]", formulo por baptoj kaj aliaj ritoj.

Antaŭ ol ili disiĝis, la ŝuisto kaptis la okazon por diri al la pastro ion tre bizaran. Li asertis, ke li scias el fidinda fonto, ke en Madrido la reĝo ekŝanceliĝas: se li falos, multaj aferoj kunfalos kun li. Tial, ke la ŝuisto odoris je vino, la pastro ne tro atentis liajn vortojn. La ŝuisto ripetis kun stranga gajo:

— En Madrido aspektas minace, pastro Millán.

Eble enestis ereto da vero, kvankam la ŝuisto ĉiam parolis iom tro multe. Nur unu homo egalis lin: Jerónima. La ŝuisto kondutis kiel maljuna kato. Li nek amikis nek malamikis al la aliaj vilaĝanoj – kaj ja kun ĉiuj facile rilatis. Pastro Millán memoris, ke la ĵurnalo de la provinca ĉefurbo ne kaŝis sian alarmiĝon ĉe la eventoj en Madrido. Li ne sciis kion pensi pri tio.

La pastro observis la solenon de la gespozoj, la bruemon de la junaj gastoj kaj la diskretan gajon de la oldaj, sed li ne povis ne remaĉi la vortojn de la ŝuisto. Tiu klarigis, ke li iras en sia propra iama nupto-vesto: tial ĝi odoris je kamforo. Ĉirkaŭ li ariĝis ses aŭ ok kunfestantoj, la malplej religiemaj en la vilaĝo. La pastro supozis, ke li certe rakontas pri la baldaŭa falo de la reĝo, ĉar en Madrido "aspektas minace".

La familio proponis vinon al la gastoj. Sur tablo kuŝis apetitige marinitaj kapsikoj, kokida hepataĵo kaj vinagritaj rafanetoj. La ŝuisto servis al si manĝaĵojn elektante el inter la ĉeaj boteloj. La patrino de la spozo fingre montris botelon kaj diris:

— Tiu vino estas iom pika.

En apuda salono viciĝis la tabloj, kaj en la kuirejo Jerónima trenadis sian reŭmatan kruron. Ŝi jam oldis, tamen ankoraŭ ridigis la gejunulojn:

— Oni devigis min resti en la kuirejo – ŝi diris –, ĉar ili timas, ke mi acidigus la vinon per mia spiro. Ba, mi fajfas pri ili! Tio plej bona estas en la kuirejo. Ankaŭ mi scipovas ĝui la vivon. Mi ne edziniĝis, sed per la maldekstra mano mi havis virojn laŭ mia deziro. Fraŭlino mi estis, jes – tamen lasis la ŝlosilon apud la kato-truo!

La junulinoj ridis skandalite.

Sinjoro Cástulo eniris en la domon. Lia alveno faris sensacion, ĉar oni ne atendis lin. Li kunportis du porcela-najn florvazojn envolvitajn en papero kaj bele ligitajn per rubando. "Mi ne scias, kio ĝi estas – li diris transdonante la pakon al la patrino de Águeda –. Nu, ideo de mia edz-ino". Li ekvidis la pastron kaj iris al li:

— Pastro Millán, ŝajnas, ke la vento ŝanĝiĝos en Madrido.

La parolo de la ŝuisto estis pridubinda, malkiel la kon-firmo far sinjoro Cástulo, viro ja prudenta, kiu nun vid-eble serĉis ian proksimiĝon al Franĉjo. Kial? La pastro aŭdis onidirojn pri elektado, sed liajn demandojn sinjoro Cástulo respondis eviteme per "Nur kuranta famo". Poste tiu turnis sin al la patro de la spozo kaj gaje kriis:

— Ne gravas, ĉu la reĝo foriros aŭ ne: gravas scii, ĉu la prujnoj bonos por la vita grundo. Ĉu mi pravas, demandu de Franĉjo.

— Franĉjo hodiaŭ tute ne zorgas pri la vitoj – iu diris.

Sub senafektaj manieroj, sinjoro Cástulo kaŝis fortan karakteron, kiel rivelis lia rigardo, frida kaj esplorema. Kiam li alparolis la pastron, li ĉiam komencis per la frazo "Kun la ŝuldata respekto…", sed evidentis, ke tiu respekto ne estas elkora.

Pliaj gastoj alvenadis, kaj fine ĉiuj invititoj jam ĉeestis. Ili nekonscie lokis sin laŭ la socia hierarkio. Nur la pastro sidis. La ceteraj grupiĝis ĉe la muroj de la salono. Ĉies rango – fiksita de la havaĵoj – determinis la najbarecon al la ĉefa parto de la salono. Tie tronis du lulseĝoj kaj vitrino kun perlamotaj ventumiloj kaj luksaj Manilaj ŝaloj, pri kies posedo la familio fieris.

Sur lulseĝo sidis pastro Millán. La gespozoj staris apude, akceptis la gratuladon de la alvenintoj kaj samtempe traktis kun la posedanto de la sola lu-aŭto en la vilaĝo pri la prezo ĝis la fervoja stacio. La ŝoforo, kiu ricevis la poŝtan koncesion, diris, ke li ne rajtas veturigi pli ol du homojn kaj li jam parole interkonsentis kun alia kliento: ili do estus tri pasaĝeroj. Sinjoro Cástulo aŭdis ilin kaj proponis sian aŭton. La pastro atentis tiujn vortojn: li ne supozis, ke sinjoro Cástulo tiel intime amikas al la familio.

Jerónima profitis de la iroj kaj revenoj de la servantinoj por sendi ofendajn mesaĝojn al la ŝuisto, kiu klarigis al siaj proksimuloj:

— Mi kaj Jerónima havas aman telegrafon.

Tiam muzik-bando ekludis surstrate. Iu kantis:

La okuloj de la paro
brilas kiel la mateno.
Ŝi, floro de santolino;
li, floro de rosmareno.

La dua kanto, post iom longa tempo de gaja ĥoto, kompreneble plu temis pri la nupto:

Vivu Franĉjo Mueleja
kaj Águeda bel-aspekta.
Feliĉu, ĉar de hodiaŭ
ekas la vivo geedza.

La bando daŭre ludis kun la karakteriza energio de la kamparanoj kun aspraj manoj kaj varma koro. Kiam ili opiniis sian muzikadon sufiĉa, ili eniris en la domon kaj grupe trinkis kaj babilis en la neĉefa parto de la salono. Poste ĉiuj eniris en la manĝejon.

Ĉe-kape sidiĝis la gespozoj, la nupto-gepatroj, pastro Millán, sinjoro Cástulo kaj kelkaj bonhavaj kamparanoj. La pastro parolis pri la infanaĝo de Franĉjo kaj ties petol-aĵoj, sed ankaŭ pri lia indigno kontraŭ gufoj, kiuj ĉasas nokte senhejmajn katojn, kaj pri lia deziro devigi ĉiujn vilaĝanojn viziti kaj helpi la malriĉulojn en la grotoj. Tiam pastro Millán rimarkis en la okuloj de Franĉjo seriozon plenan de profunda rezerviĝemo: li do ŝanĝis la direkton de sia parolado kaj indulge rememoris la incidenton de la revolvero kaj eĉ liajn aventurojn en la placo de la Akvo.

La malavaran manĝon konsistigis marinita perdrik-aĵo, farĉita kaponaĵo kaj bakitaj trutoj. Pasis de mano al mano longa-bekaj kruĉoj, fel-saketoj kaj boteloj de diversaj rikoltoj.

Sciigoj pri la nupto atingis la sunumejon, kie la oldaj ŝpinistinoj trinkis je la sano de la gespozoj per la vino alportita de Jerónima kaj la ŝuisto. Li montriĝis pli gaja kaj liber-parola ol kutime, kaj asertis interalie, ke pastroj estas esceptaj viroj, ĉar ĉiuj nomas ilin *patro* krom iliaj gefiloj, kiuj nomas ilin – *onklo*.

La oldulinoj aludis la gespozojn:

— La noktoj ekfriskas.

— Oportune por dormi kun akompananto.

Unu diris, ke la tagon de ŝia nupto estis neĝo ĝis super la genuoj.

— Des pli malbone por la spozo.

— Kial?

— Ĉar lia plej nobla korpoparto nepre rifuĝis en la renojn pro la frosto.

Jerónima kriis:

— He, vi, granda-puga! Kiam vi vidviĝos, avertu min!

La ŝuisto pli celis amuzi la ĉeestantojn ol ofendi Jeró-nima-n per sia responda litanio da insultoj:

— Silentu, vi, klaĉemulino, vipo de Satano, akra tranĉ-ilo, selo de mulo, senfina brulado, aĉa ĉifono! Silentu! Mi havas bonan novaĵon por vi: lia reĝa moŝto blufis kaj li falos en sian propran kaptilon.

— Ĉu tio tuŝas min?

— Jes ja! Ĉar en respublikoj oni ne kovras sorĉistinojn per gudro kaj plumoj!

Ŝi diris pri si mem, ke ŝi flugas sur balailo, sed ne per-mesis, ke aliaj diru tion. Kiam ŝi volis respondi, la ŝuisto pluis:

— Kredu min, malbela feĉo, ŝaperono, hufulino, vul-turo, koboldo, kanajlo, abortaĵo, birdo-timigilo, skabio, nazmuko, foino…!

La kuracantino formoviĝis paŝon post paŝo, kaj li sekvis ŝin ĉiam insultante. La oldulinoj de la sunumejo krevis de ridado, kaj antaŭ ol la konfuzita Jerónima povis kontraŭataki, la ŝuisto decidis retreti, tamen kiel venk-into. Dum lia foriro, li streĉis la orelon por aŭskulti la reagojn. Aŭdeblis la voĉo de Jerónima:

— Kiu povus imagi, ke tiu bufono gardis tiom da *diraĵoj* en la ventro?

Kaj la aliaj reparolis pri la gespozoj. Franĉjo estis la plej bel-statura viro en la vilaĝo kaj ricevis tute indan edzinon. Ili realudis la venontan nokton per malĉastaj esprimoj.

Sep jarojn poste, pastro Millán rememoris la nupton sidante en la malnova fotelo de la sakristio. Li ne malfermis la okulojn por ŝpari al si la penon dialogi kun sinjoro Valeriano, la vilaĝestro. Li trovis malfacile interkompreniĝi kun li, ĉar tiu viro neniam aŭskultis la aliajn.

En la kirko resonis la rajd-botoj de sinjoro Gumersindo. Nur li posedis tiajn botojn en la vilaĝo, kaj pastro Millán sciis, pri kiu temas longe antaŭ ol tiu atingis la sakristion. Li estis en nigraj vestoj kaj, vidinte la sacerdoton kun la okuloj fermitaj, li mallaŭte salutis sinjoron Valeriano. Li demandis, ĉu li rajtas fumi kaj eltiris la tabakujon. La pastro malfermis la okulojn.

— Ĉu iu plia venis? – li diris.

— Ne, pastro Millán – respondis sinjoro Gumersindo, kvazaŭ ekskuzante sin –. Estis eĉ ne unu animo en la preĝejo, se tiel diri.

La pastro aspektis tre laca. Li refermis la okulojn kaj reapogis la kapon sur la muron. Tiam aperis la messervanto, kaj sinjoro Gumersindo demandis lin:

— He, bubo! Ĉu vi scias por kiu estos la rekviemo?

La knabo ne rekte respondis, sed helpis sin per la romanco:

Ili iras al tombejo
deklivo-supren laŭ pado…

— Ne recitu la tuton, bubo, aŭ nia vilaĝestro irigos vin al la prizono.

La knabo time ekatentis la reagon de sinjoro Valeriano, kiu neprecize rigardis al la plafono kaj diris:

— Por ĉiu blago estas konvenaj tempo kaj loko.

Ekregis peza silento. Pastro Millán ree malfermis la okulojn kaj renkontis tiujn de sinjoro Gumersindo, kiu murmuris:

— Mi vere ne scias kiel preni tion.

La pastro intervenis dirante, ke ne estas motivoj por ĉagreniĝo. Poste li ordonis al la servanto iri al la placo por vidi, ĉu homoj atendas por la meso: kelkfoje grupoj restis tie ĝis la sonoriloj ĉesis bati. Kaj li ankaŭ volis eviti, ke la mes-knabo diru la fragmenton de la romanco, kiu mencias lin:

Lia iama baptinto,
laŭnome, pastro Millán,
aŭdas lin en konfes-preno
dum li sidas en la aŭto.

Sinjoro Gumersindo ĉiam paroladis pri la propra bonkoreco – "se tiel diri" – kaj pri la nedankemuloj, kiuj rekompencis lian bonon per malbono. Li konsideris tion tre oportuna antaŭ la pastro kaj sinjoro Valeriano en tiu momento. Subite li eksentis impulson de malavaremo:

— Pastro Millán, aŭskultu, mi petas. Jen dek pesetoj por la hodiaŭa meso.

La pastro somnole malfermis la okulojn kaj informis, ke sinjoro Valeriano jam proponis la samon. Li preferis tamen fari la meson sen paganto. Sekvis longa silento.

Sinjoro Valeriano ade volvis sian or-ĉenon ĉirkaŭ la montrofingro kaj poste glitigis ĝin kun tintado de brelokoj. Unu el ili enhavis buklon de lia forpasinta edzino; alia, relikvon de la sankta pastro Claret hereditan de lia praavo. Li parolis mallaŭte pri la prezoj de lano kaj de feloj, sed neniu respondis.

Pastro Millán, kun la okuloj fermitaj, plu rememoris la nupton de Franĉjo. Virino perdis orelringon en la manĝejo, kaj du viroj kvarpiede serĉis ĝin. La pastro pensis, ke en ĉiuj nuptoj estas virino, kiu perdis orelringon kaj ne sukcesas ĝin trovi.

La spozino, kies haŭto palis frumatene pro la sendorma nokto, jam reakiris sian naturan koloron. De tempo al tempo la spozo rigardis la horon sur sia horloĝo, kaj en la posttagmezo sinjoro Cástulo kondukis ilin al la fervoja stacio. La plejparto de la gastoj adiaŭis ilin sur la strato per vivuoj kaj ŝercoj. De tie multaj reiris hejmen, kaj la plej junaj iris al la balo.

Pastro Millán sin distris per tiuj rememoroj por deturni sian atenton de la dialogo inter sinjoro Gumersindo kaj sinjoro Valeriano, kiuj, kiel kutime, ne aŭskultis unu la alian.

Franĉjo kaj Águeda revenis tri semajnojn post la nupto, kaj la sekvan dimanĉon okazis elektado. La novaj magistratanoj estis junaj kaj, laŭ la opinio de sinjoro Valeriano, plebaj preskaŭ senescepte. La patro de Franĉjo baldaŭ rimarkis, ke ĉiuj liaj kunelektitoj kontraŭstaras la dukon kaj damnas la farmo-pagan sistemon de la paŝtejoj. Kiam Franĉjo de la Muelejo eksciis tion, li sentis sin feliĉa kaj kredis por la unua fojo, ke politiko iel utilas. "Ni forprenos la herbejojn de la duko", li ripetis.

La rezulto de la elektado iom surprizis ĉiujn. La pastro perpleksis: fakte eĉ ne unu el la magistratanoj estis religiema. Li vokis Franĉjon kaj demandis lin:

— Ĉu veras tiu historio, kiun mi aŭdis pri la paŝtejoj de la duko?

— Jes, veras – diris Franĉjo –. Venas nova tempo, pastro Millán.

— Kial do nova?

— Tial, ke la reĝo forvelas. Kaj mi ja deziras al li bonan vojaĝon.

Franĉjo supozis, ke la pastro alparolas lin pri tio, ĉar li timas alparoli rekte lian patron. Li aldonis:

— Senkaŝe, pastro Millán. Jam de la tago, kiam ni iris al la groto por sanktolei mortanton, vi scias, ke mi kaj aliaj cerbumadas por solvi tiun hontindaĵon. Tiom pli nun, ĉar la okazo prezentiĝis.

— Kiu okazo? Tion oni solvas per mono. De kie vi prenos ĝin?

— De la duko. Nun ŝajnas, ke pagos lupo por la ŝafoj.

— Sufiĉas, Franĉjo. Mi ne diras, ke la duko ĉiam pravas: li estas erarema, kiel ĉiuj homoj. Sed pri tiaj aferoj vi devas atenti viajn paŝojn, ne agiti homojn kaj ne eksciti malnoblajn pasiojn.

La vortoj de la junulo atingis la sunumejon. Oniklaĉe Franĉjo diris al la pastro: "Ni mortigos per glavo reĝojn, dukojn kaj klerikojn, same kiel porkojn por fari feston". Oni ĉiam troigis en la sunumejo.

Subite disvastiĝis la novaĵo, ke la reĝo fuĝis el Hispanio[9]. Tio ŝokis sinjoron Valeriano kaj la pastron. Sin-

---

9 Alfonso la 13a (1886-1941), reĝo de Hispanio de sia naskiĝo ĝis la 14a de aprilo de 1931. Post la municipaj elektadoj de la 12a de aprilo

joro Gumersindo ne volis kredi ĝin kaj diris, ke temas
pri elpensaĵo de la ŝuisto. Pastro Millán ne eliris el la
parokestrejo dum du semajnoj. Li en- kaj eliris la kirkon
tra la ĝardena pordo kaj evitis kontakton kun iu ajn. Mul-
taj homoj ĉeestis la meson de la posta dimanĉo atendante
la reagon de la pastro, sed tiu eĉ ne aludis la reĝon. Tial
sekva-dimanĉe la templo malplenis.

Franĉjo plurfoje parolis kun la ŝuisto kaj trovis lin
enpensa kaj rezerviĝema. Dume la respublika flago flirtis
ĉe la urbodoma balkono kaj super la lerneja enir-pordo.
Sinjoro Valeriano kaj sinjoro Gumersindo ne vidigis sin
ie en la vilaĝo, kaj sinjoro Cástulo ŝanĝis sian vojon por
alpaŝi Franĉjon kaj elmontriĝi kun li. Duoblan ludon li ja
ludis, ĉar en ĉiu renkonto kun la pastro, li flustris:

— Kio fariĝos el ni, pastro Millán?

Oni devis ripeti la elektadon en la vilaĝo pro incidentoj,
kiuj, laŭ sinjoro Valeriano, senvalidigis ĝin. Por la dua
elektado la patro de Franĉjo cedis sian kandidatecon al
sia filo. La junulo estis elektita.

La registaro abolis la mezepok-devenajn "sinjorajn
havaĵojn" kaj aneksis ilin al la municipoj. Kvankam la
duko argumentis, ke liaj paŝtejoj ne apartenas al tiu kate-
gorio, la kvin vilaĝoj, laŭ iniciato de Franĉjo, interkon-
sentis ne pagi la farmadon ĝis tribunalo decidos. Kiam
Franĉjo diris tion al sinjoro Valeriano, tiu rigardis al la
plafono kelkan tempon manumante la medalionon de sia
forpasinta edzino. Fine li rifuzis deklari sin informita kaj
petis, ke la magistrato sciigu lin skribe.

---

de 1931 la respublikismaj partioj venkis en preskaŭ ĉiuj provincaj
ĉefurboj, kaj la 14an de aprilo oni proklamis la Duan Respublikon.
Tiun saman tagon la reĝo ekziliĝis unue en Francion, poste en Italion.

La novaĵo cirkulis tra la vilaĝo. En la sunumejo oni asertis, ke Franĉjo minacis sinjoron Valeriano: oni atribuis al Franĉjo ĉiujn insolentajn arogantaĵojn, kiujn la ceteraj ne kuraĝis diri. Oni ŝatis en la sunumejo la familion de Franĉjo kaj aliajn similajn, kiuj certe posedis agrojn, tamen ankaŭ laboris de mateno ĝis vespero. La virinoj de la sunumejo ĉeestadis la mesojn, sed tio ne malhelpis, ke ili elkore ridis, kiam Jerónima kantis la jenan kanton:

Pastro diris al mastrino:
"Kuŝu ĉe mia pied'…"

Oni ne sciis ĝuste kion la magistrato planas "por la bono de la grot-loĝantoj". La imago de la vilaĝanoj kuris libere, kaj la esperoj de la plej malriĉaj kreskis. Franĉjo prenis la problemon tre serioze, kaj la kunsidoj en la urbodomo temis preskaŭ nur pri tio.

Franĉjo sendis al sinjoro Valeriano la interkonsenton, kaj la administranto plusendis ĝin.

La telegrafa respondo de la duko tekstis: "Mi ordonas al miaj gardistoj, ke ili pafu kaj al bestoj kaj al homoj enirontaj en miajn paŝtejojn. La magistrato diskonigu ĉi tion por eviti la perdon de havaĵoj aŭ de homaj vivoj".

Leginte ĝin Franĉjo proponis al la vilaĝestro la eloficigon de la gardistoj kaj ilian tujan redungon en pli bonan postenon ĉe la agro-akvuma servo. La nuraj tri gardistoj rapide akceptis, kaj iliaj karabenoj ekŝimis en angulo de la urbodoma kunven-salono. La vilaĝaj brutaroj libere eniris en la paŝtejojn de la duko.

Sinjoro Valeriano, post plurfoja konsiliĝo kun pastro Millán, riskis voki Franĉjon, kiu venis ĉe lin. La domo de sinjoro Valeriano estis granda kaj ombro-plena, kun elstaraj balkonoj kaj enirejo por veturiloj. Sinjoro Valeriano volis montri sin akordiĝema kaj prudenta kaj li do invitis Franĉjon al kolaziono. Li parolis pri la duko familiare kaj senĝene. Li sciis, ke Franĉjo akuzas lian dukan moŝton, ke li neniam venis al la vilaĝo, tamen malprave, ĉar en la lastaj jaroj li vizitis ĝin trifoje por vidi siajn posedaĵojn, kvankam li tranoktis en najbara vilaĝo. Sinjoro Valeriano ankoraŭ memoris, ke lia duka moŝto kaj ŝia dukina moŝto iam parolis kun la plej maljuna gardisto, kiu aŭskultis kun sia ĉapelo enmane, kaj okazis rakontinda anekdoto. Ŝia dukina moŝto demandis la gardiston pri ĉiuj liaj familianoj. Kiam ŝi menciis la plej aĝan filon, sinjoro Valeriano memoris kaj ripetis la vortojn de lia respondo:

— Ĉu Miguel? – diris la gardisto –. Via moŝto benu liajn kojonojn, ĉar Miĉjo loĝas nun en Barcelono kaj perlaboras ne malpli ol naŭ pesetojn ĉiutage!

Sinjoro Valeriano ridis, kaj ankaŭ Franĉjo, sed tiu subite serioziĝis kaj diris:

— Eble la dukino estas bona homo, mi ne ŝovas la nazon en tiun vazon. Pri la duko mi aŭdis kaj bonon kaj malbonon. Tamen tio ne rilatas al nia afero.

— Certe. Ek do. Lia duka moŝto pretas intertrakti kun vi – diris sinjoro Valeriano.

— Pri la paŝtejoj? – sinjoro Valeriano kapjesis –. Intertrakto ne eblas. Li simple klinu la kapon.

Sinjoro Valeriano ne reagis, kaj Franĉjo kuraĝis aldoni:

— Ŝajnas, ke la duko tro fidelas al la malnovaj moroj.

Sinjoro Valeriano silentis dum li rigardis al la plafono.

— Tute alian kanton ni kantas ĉi tie – pluis Franĉjo.

Fine sinjoro Valeriano parolis:

— "Klinu la kapon...". Nu, ĉu viroj klinu la kapon? Nur bovoj klinas ĝin.

— Kaj ankaŭ honestaj homoj, se la leĝoj postulas tion.

— Mi scias. Sed la advokato de lia duka moŝto pensas alie. Kaj ne ĉiuj leĝoj same gravas.

Franĉjo servis al si vinon kaj diris tradente "Kun via permeso". Tiu eta senĝeno ofendis sinjoron Valeriano, kiu ridetis kaj respondis "Bonvolu", kiam Franĉjo jam plenigis sian glason.

Franĉjo redemandis:

— Kion la duko povus intertrakti? Sufiĉas, ke li cedu: tiel ne necesos rediskuti la temon.

Sinjoro Valeriano rigardis la glason de Franĉjo kaj malrapide glatigis al si la lakitan mustaĉon, tiel ronde kuspitan, ke ĝi ŝajnis postiĉa. Franĉjo murmuris:

— Oni devus kontroli la paperojn de la duko pri tiuj paŝtejoj. Se entute estas paperoj!

Sinjoro Valeriano koleris:

— Ankaŭ pri tio vi eraras. Pluraj jarcentoj da kutimo signifas multon. Oni ne povas malfari en unu tago la laboron de kvarcent jaroj. La paŝtejoj ne estas nuraj vin-boteloj - li aldonis rimarkinte, ke Franĉjo reservas al si –. Ili estas parto de foruo. De reĝa foruo.

— Homoj faras kaj homoj malfaras, mi pensas.

— Jes, sed ne ĉiuj homoj same valoras.

Franĉjo kapneis.

— Sugestu do al la duko - li diris trinkante la duan glason kaj klakante per la lango –, ke se li efektive rajtas konservi la paŝtejojn, li povas veni mem defendi ilin.

Kompreneble li alportu novan karabenon, ĉar ni havas tiujn de la gardistoj.

— Franĉjo, mi ne kredas miajn orelojn. Kiu povus imagi, ke posedanto de veprejo kaj de paro da muloj kuraĝas tiel esprimi sin? Post ĉi tio mi sendube jam vidis ĉion en la mondo!

Sinjoro Valeriano komunikis la rezulton de la kunveno al la duko, kaj tiu sendis novajn ordonojn. La administranto sentis sin meze de krucita pafado kaj ne sciis kion fari. Li fine foriris el la vilaĝo, sed antaŭe li parolis kun pastro Millán, rakontis al li laŭ sia maniero tion okazintan kaj asertis, ke la *diraĵoj* de la sunumejo decidas fakte la agojn de la magistrato. Li akuzis Franĉjon pri minacoj kaj insultoj, kaj ade rakontis la detalon de la vinbotelo kaj la glaso. La pastro nur intermite atentis liajn vortojn.

Pastro Millán bedaŭre balancis la kapon dum li rememoris ĉion ĉi en la sakristio. La mes-servanto reapogis sin sur la pordo-framo kaj tial, ke li ne povis teni sin kvieta pli ol unu minuton, li kunfrotis siajn botojn kaj, rigardante la pastron, li repensis pri la romanco:

Puŝas lin en la tombejon
haste, trude, kvar ĉasantoj.
Patrinoj, aŭskultu nun:
Dio ŝirmas la infanojn,
kaj la sankta gardanĝelo...

Poste la romanco menciis aliajn mortintajn kaptitojn, sed la knabo ne memoris iliajn nomojn. Ĉiuj estis murditaj en tiuj tagoj, kvankam en la romanco aperis alia vorto: *ekzekutitaj*.

Pastro Millán plu rememoris. Lastatempe la religia fido de sinjoro Valeriano rimarkinde malkreskis. La pastro lace aŭskultis lin diradi, ke se Dio toleras la nunajn eventojn, li ne meritas tiom multe da respekto kaj konsidero. Antaŭ kelkaj jaroj sinjoro Valeriano donacis ferkradon por la Kristo-kapelo, kaj la duko pagis la riparon de la templa volbo dufoje. Pastro Millán certe ne estis sendankema.

En la sunumejo oni diris, ke dank' al la luigo de la paŝtejoj – kies rento iris nun al la magistrata kaso – oni planis projektojn por plibonigi la vivon de la vilaĝanoj. Ĉiuj benis Francĵon de la Muelejo, kaj la tieaj oldulinoj plej ofte laŭdis lin substrekante, ke "ĉio sidas ĝustaloke sub lia pantalono".

En la plej proksima vilaĝo oni jam laboris por kanalizi trink-akvon ĝis la ĉefplaco. Francĵo havis alian celon, ĉar en lia vilaĝo tiu problemo estis solvita. Nun liaj pensoj iris al la grot-loĝantoj, kiujn li ĉiam imagis agonie stertoraj, sen elektro, sen fajro, sen akvo. Eĉ sen aero por spiri.

En la terenoj de la duko situis ermitejo, kies patronon oni celebris per pilgrimado kaj festo en somera tago. La partoprenantoj faris donacojn al la sacerdoto, kaj la magistrato pagis la meson. Tiun jaron la vilaĝestro ignoris la celebradon, kaj la kamparanoj sekvis lian ekzemplon. Pastro Millán vokis Francĵon, kiu klarigis, ke temas pri decido de la magistrato.

— "La magistrato", vi diras? Kaj kion ĝuste signifas "la magistrato"? – demandis la pastro iritite.

Francĵo bedaŭris, ke pastro Millán estas tute ekster si de kolero, kaj aldonis, ke la glacia sinteno de la vilaĝanoj estas komprenebla, ĉar la ermitejaj terenoj apartenis al la duko, kaj nun la homoj kontraŭstaras lin. La pastro ekkriis en la ardo de la diskuto:

— Kaj ĉu vi kredas vin rajtigita averti la dukon, ke se li venos en la paŝtejojn, li ne povos fari pli ol tri paŝojn, ĉar vi atendos lin kun la karabeno de unu lia gardisto? Ĉu vi ne scias, ke tio estas krimo-minaco?

Franĉjo tute ne diris ion tian: sinjoro Valeriano mensogis. Tamen pastro Millán ne volis aŭskulti la argumentojn de Franĉjo.

En la lastaj tagoj, la ŝuisto montriĝis nervoza kaj konfuzita. Al priaj demandoj, li respondis:

— Mi antaŭsentas ion malbonan.

Oni ade mokis lin en la sunumejo, kaj la ŝuisto ĉiam reagis per la frazo:

— Kie maldike, tie rompiĝas.

Tiuj misteraj vortoj ne ĵetis lumon sur lian konduton. Li atendis politikan ŝanĝon dum jaroj, kaj kiam ĝi alvenis, li ne sciis kion pensi, kion fari. Kelkaj magistratanoj invitis lin akcepti la postenon de akvumo-arbitracianto por solvi konfliktojn pri la akvo-distribuo el la ĉefkanalo.

— Mi dankas – li diris –, sed mi preferas teni min al la proverbo: "Ekster via ofico estas ekster via vico".

Li iom post iom proksimiĝis al la sacerdoto: la ŝuisto nepre devis oponi la regantojn ne atentante ties doktrinon aŭ politikan koloron. Sinjoro Gumersindo, same kiel aliaj vilaĝanoj, ekloĝis en la provinca ĉefurbo, kaj tio pli ol iom ĉagrenis la pastron, kiu grumblis:

— Ĉiuj foriras, sed ne mi; eĉ se mi povus. Jen dizerto.

Kvankam fojfoje ŝajnis, ke pastro Millán provas kompreni la kialojn de Franĉjo, li subite esprimis sian senton,

ke homoj iĝadas malrespektemaj, kaj parolis pri sia mar-
tireco. Liaj diskutoj kun Franĉjo ĉiam finiĝis per tio, ke
li proponis sin kiel propekan kapron. Franĉjo priridis la
ideon:

— Ja neniu volas vian morton, pastro Millán...

Ĉe tio la pastro freneziĝis, apenaŭ kapabla regi siajn
nervojn.

Ĝuste kiam oni ekforgesis sinjoron Valeriano kaj sin-
joron Gumersindo, ili revenis en la vilaĝon. Ili aspektis
memcertaj kaj ĉiutage kunvenadis kun la pastro. Sinjoro
Cástulo scivole klopodis enŝovi la nazon – sed nenion li
eltrovis. La triopo ne fidis lin.

Unu tagon en julio la ĝendarmoj foriris el la vilaĝo,
ĉar ili ricevis la ordonon – laŭ iliaj vortoj – koncentriĝi
ie kun la aliaj fortoj de la tuta distrikto. La magistratanoj
antaŭflaris ian minacon, tamen nekonkretan.

Grupo de riĉulidoj envenis en la vilaĝon kun vergoj
kaj pistoloj. Oni ne dirus ilin gravuloj, kaj kelkaj el ili
kriis histerie. La vilaĝanoj neniam vidis tiel senhontajn
homojn. En la sunumejo oni ordinare nomis tiajn ulojn
– bone razitajn kaj delikatajn, kiel virinoj – *pavantoj*, sed
ĉi tiuj kruele batadis la ŝuiston, kies neŭtraleco utilis por
nenio. Ili ankaŭ mortigis ses kamparanojn, el kiuj kvar
grot-loĝantoj, kaj lasis iliajn kadavrojn sur la voj-flankoj
inter la vilaĝo kaj la sunumejo. Tial, ke hundoj alvenis
por leki la sangon, la novuloj postenigis tien unu el la
gardistoj de la duko por forhuŝi ilin. Neniu demandis.
Neniu komprenis. Ne estis ĝendarmoj por alfronti la
fremdulojn.

Pastro Millán anoncis en la kirko, ke la monstranco
estos eksponata tage kaj nokte, kaj li poste plendis ĉe

sinjoro Valeriano – kiun la riĉulidoj igis vilaĝestro – pro la mortigo de la ses kamparanoj sen tempo por konfespreno. La pastro preĝadis la tutan tagon kaj ankaŭ parton de la nokto.

Ĉiuj vilaĝanoj timis, kaj neniu sciis kiel reagi. Jerónima, malpli babilema ol kutime, senhalte iris kaj revenis. En la sunumejo ŝi tamen trempis en koto la fremdajn riĉulidojn kaj deziris al ili terurajn punojn. Tio ne malhelpis, ke ŝi parolis al la ŝuisto pri bastonoj kaj vergoj kaj draŝoj – kaj pri ĉio ajn aludanta la batadon. Ŝi demandis pri Franĉjo al diversaj homoj. Neniu sciis kie trovi lin. Li vanuis, kaj oni lin serĉis, jen ĉio.

La sekvan tagon post sia lasta mokado al la ŝuisto, ŝi eksciis, ke lia kadavro aperis kun truoj en la kapo sur la vojo al la sunumejo. La povra virino iris tien por kovri lin per littuko kaj revenis hejmen por enfermiĝi dum tri tagoj. Ŝi revidigis sin iom post iom sur la strato kaj eĉ iris al la sunumejo, kie oni akceptis ŝin per riproĉoj kaj insultoj. Jerónima ekploris – ŝi neniam antaŭe ploris en ies ĉeesto – kaj diris, ke ŝi meritus morti per ŝtonumado, kiel serpento.

Kelkajn tagojn poste Jerónima revenis al siaj klaŭnaĵoj en la sunumejo, kiujn ŝi miksis kun sakroj kaj minacoj.

Neniu sciis, kiam okazis la murdoj. Tio estas, ĉiu sciis, sed neniu vidis. La murdantoj agis nokte – kaj la vilaĝo aspektis trankvila tage. Dume la kadavroj de kvar magistratanoj aperis sur la vojo al la sunumejo.

Tiutempe multaj viroj loĝis aliloke pro la rikoltosezono. La virinoj plu iris al la sunumejo kaj rediris la nomojn de la viktimoj. Ili kelkfoje preĝis. Poste mallaŭte, ili singarde fiparolis pri la edzinoj de la riĉuloj, ĉefe pri tiuj de Valeriano kaj de Gumersindo. Jerónima asertis, ke plej kanajlas la edzino de Cástulo, kiu instigis la fremdulojn mortigi la ŝuiston.

— Tio ne veras – diris virino –. Oni mortigis lin, ĉar li laboris kiel agento de Rusio.

Neniu sciis kio ĝuste estas "Rusio", kaj ĉiuj ekpensis pri la samnoma rufa ĉevalino de la panisto. Sed tio ne sencis – se entute io sencis lastatempe en la vilaĝo. Ĉiam softe ili elbuŝigis *diraĵojn*:

— La edzino de Cástulo estas har-plena veruko.

— Kaj gapa stultulino.

Jerónima ne postlamis:

— Kaj talpo-grilo.

— Kaj grasaĉa pediko.

— Ŝia hejmo – aldonis Jerónima – odoras je piso sur braĝoj.

Ŝi aŭdis, ke la riĉulidoj el la ĉefurbo planas mortigi ĉiujn balotintojn kontraŭ la reĝo. Meze de la katastrofo Jerónima perceptis ion magian kaj supernaturan, kaj ĉie flaris la odoron de sango. Tamen kiam en la sunumejo ŝi aŭdis la sonorilojn kaj fojfoje la kontrapunkton de la forĝista amboso, ŝi ne povis eviti fari kelkajn danco-paŝojn kaj flirtigi la jupon. Ŝi poste resakris kaj nomis la edzinon de Gumersindo *porka-krura*. Ŝi plu provis ekscii ion pri Franĉjo de la Muelejo. Homoj sciis nur, ke oni serĉadas lin. Ricevinte la ĉiaman respondon, Jerónima diris:

— Tiun belan junulon oni ne kaptos facile – kaj ŝi realudis kion ŝi vidis ŝanĝante liajn vindojn, kiam li bebis.

En la sakristio pastro Millán rememoris la teruran kaoson de tiuj tagoj, kaj sentis sin afliktita kaj konfuz-plena.

Pafoj en la noktoj, sango, misaj pasioj, onidiroj, insolentaĵoj de tiuj fremduloj, kiuj tamen ŝajnis bone edukitaj. Sinjoro Valeriano bedaŭris ĉion ĉi, sed li samtempe puŝis la urbajn riĉulidojn plu mortigadi. La pensoj de pastro Millán iris al Franĉjo. Lia patro restis hejme tiujn tagojn: Cástulo Pérez garantiis por li kaj signis lin *fidinda*. La du aliaj riĉaj familioj ne kuraĝis fari ion kontraŭ li ĝis oni kaptos lian filon.

Nur la patro de Franĉjo sciis, kie situas la kaŝejo. Pastro Millán vizitis lin.

— La lastaj eventoj en la vilaĝo – li diris – estas teruraj kaj abomenindaj.

La patro de Franĉjo, iom pala, aŭskultis senresponde. La pastro plu parolis. Li vidis la junan edzinon iri kaj reveni, kvazaŭ ombro, senride kaj senplore. Neniu tiam ploris aŭ ridis en la vilaĝo. Pastro Millán opiniis, ke vivo sen ridoj kaj ploroj povas esti horora kiel koŝmaro.

Kelkfoje oni impulse bezonas montri kiom profunda estas amikeco. Certe tial pastro Millán insinuis, ke li scias, kie kaŝiĝas Franĉjo. Tia sugesto devus veki dankemon ĉe la gepatroj pro lia silento. Li ne vere diris, ke li scias, sed subŝovis tion. Pro ironio de la sorto, la patro de Franĉjo falis en la kaptilon. Li rigardis la pastron pensante, kion tiu volis, ke li pensu: "Se li scias pri la kaŝejo kaj ne perfidis Franĉjon, li nepre estas honesta, solida viro". Tiu rezonado revigligis lin.

Dum la interparolo la patro fakte rivelis la kaŝejon de sia filo, kredante, ke li ne sciigas novaĵon. Aŭdinte la sekreton pastro Millán ricevis fortan impreson. "Aĥ – li pensis –, estus pli bone, se li ne dirus tion al mi. Kial mi sciu, ke Franĉjo kaŝiĝas en la ruinoj ĉe la montaj paŝtejoj?".

Li ektimis, sed li ne sciis ĝuste kial. Baldaŭ li foriris kun la deziro renkonti la pistolulojn por havi la ŝancon pruvi al si, ke lia koro estas firma kaj lojala al Frančjo. Kaj tiel okazis. Vane la centestro kaj liaj amikoj parolis kun li la tutan posttagmezon. Pastro Millán preĝis kaj dormis tiunokte en spirita kalmo, kiun li de longe ne spertis.

La sekvan tagon estis kunveno en la urbodomo. La fremduloj diskursadis kaj laŭte kriis. Ili poste bruligis la respublikan flagon kaj devigis ĉiujn loĝantojn ĉeesti kaj saluti per brak-levo je la ordonoj de la centestro. Tiu estis viro afabl-aspekta kun sun-vitroj: ne facilis imagi lin murdanta homon. Tial, ke la fremduloj gestis absurde kaj kunfrapis la kalkanumojn kaj kriadis, la kamparanoj opiniis, ke mankas klapo en ilia kapo; sed rimarkinte, ke pastro Millán kaj sinjoro Valeriano sidas sur honora loko, ili ne plu sciis kion pensi. Krom la murdoj, tiuj viroj faris nur unu alian agon en la vilaĝo, nome ili redonis la paŝtejojn al la duko.

Du tagojn poste sinjoro Valeriano estis en la parok-estrejo kontraŭ la pastro kaj rigardis lin en la okulojn, dum li tenis la poleksojn sur la aksel-randojn de sia veŝto – kio eĉ pli videbligis liajn brelokojn.

— Malbonon mi deziras al neniu, se tiel diri, sed, ĉu ne Frančjo aparte altiris al si la atenton? Volas diri, pastro Millán: aliaj malpli kulpaj jam falis.

— Lasu lin trankvila – respondis la pastro –. Kial verŝi pli da sango?

Li tamen ŝatis insinui, ke li scias, kie estas lia kaŝejo. Li tiel povis montri al la vilaĝestro, ke li kapablas esti fidela kaj nobla. Efektive oni serĉadis Frančjon senripoze. La serĉantoj iris al lia hejmo kun ĉashundoj, kiuj priflaris liajn malnovajn vestojn kaj ŝuojn.

La afabl-aspekta centestro kun sun-vitroj kaj du kama-radoj alvenis tiam al la parokestrejo. Aŭdinte la vortojn de la pastro li reagis:

— Ni ne volas mensajn debilulojn ĉi tie. Ni elpurigadas la vilaĝon, kaj se vi ne estas kun ni, vi estas kontraŭ ni.

— Sinjoroj, ĉu vi opinias min debilulo? – diris pastro Millán.

Ĉiuj tuj reprudentiĝis.

— La ekzekutoj estis tute enordaj por la kulpuloj – diris la centestro –. Ili ja havis la lastan ŝmiron. Kial vi do plendas?

La pastro parolis pri kelkaj honestaj vilaĝanoj mortig-itaj. Li insistis, ke nepras fini tiun frenezaĵon.

— Diru la veron – postulis la centestro, dum li mal-ingis sian pistolon kaj lasis ĝin sur la tablo –. Vi scias, kie kaŝiĝas Franĉjo de la Muelejo.

Pastro Millán demandis sin, ĉu la militisto surtabligis la pistolon por minaci lin aŭ nur por demeti pezon de sur sia talio. Ne la unuan fojon li vidis la centestron fari tiun movon. Kaj li pensis pri Franĉjo, kiun li baptis, kiun li edzigis. Tiam li rememoris bagatelajn detalojn: la gufojn nokte aŭ la odoron de la marinita perdrikaĵo. Eble la vivo de la junulo dependis de lia respondo. Li tre amis Franĉjon, tamen lia kor-inklino ne vere celis la homon, sed rekte *Dion*. Lia amo situis trans vivo kaj morto. Kaj li ne rajtis mensogi.

— Ĉu vi scias, kie li kaŝiĝas? – samtempe demandis la kvar viroj.

Pastro Millán respondis klinante la kapon. Tio signifis jeson. Tio povis signifi jeson. Kiam li ekkonsciis sian ges-ton, estis jam tro malfrue. Li petis promeson, ke ili ne mortigos lin. Ili juĝu, eventuale enkarcerigu lin, se kulpa; sed ili ne krimu denove. La afabl-aspekta centestro promesis tion, kaj pastro Millán rivelis do la kaŝejon. Li ankoraŭ vortigis pliajn petojn favore al Franĉjo, sed ili ne plu aŭskultis lin kaj forrapidis. La pastro restis sola kaj spertis teruron antaŭ si mem – kaj ankaŭ kor-faciliĝon. Li ekpreĝis.

Duonhoron poste sinjoro Cástulo sciigis, ke la sunumejo estas eksa, ĉar la urbaj riĉulidoj forrastis la lokon per du mitraladoj, kaj kelkaj virinoj mortis. La aliaj diskuris kriante kaj postlasis sangospuron, kiel birdaro ricevinta pafon de plumberoj.

Sinjoro Cástulo aldonis:

— Jerónima supervivis. Vi scias: urtikon frosto ne difektas.

Aŭdante, ke Cástulo ridas, la pastro paliĝis kaj ĵetis la manojn sur sian kapon. "Tamen tiu viro verŝajne ne perfidis la sekreton de iu ajn. Kial mi ŝokiĝas?" – pensis pastro Millán kun kreskanta hororo –. Li repreĝis. Cástulo plu parolis kaj raportis, ke estas dek unu aŭ dek du vunditaj virinoj krom la mortintoj en la sunumejo. Tial, ke la kuracisto trafis en prizonon, probable ne ĉiuj virinoj eltiros sin sanaj.

Sekvatage la centestro revenis – sen Franĉjo. Li kolere rakontis, ke kiam ili atingis la ruinojn ĉe la montaj paŝtejoj, la fuĝinto akceptis ilin per hajlo da kugloj. Li havis unu el la gardistaj karabenoj, kaj iro al la ruinoj egalis viv-riskon. Li demandis la pastron, ĉu li pretus ektrakti kun Franĉjo. Du liaj subuloj estis vunditaj, kaj li ne volis endanĝerigi la vivon de iu alia.

Unu jaron poste pastro Millán rememoris tiujn epizodojn, kvazaŭ li travivus ilin hieraŭ. Rimarkinte, ke la sakristion envenas sinjoro Cástulo – kiu antaŭ nur unu jaro mokridis la murdojn en la sunumejo –, li fermetis la okulojn kaj rediris al si: "Mi rivelis la kaŝejon de Franĉjo. Mi ektraktis kun li. Kaj nun…". Li malfermis la okulojn kaj vidis la tri virojn kontraŭ li. Sinjoro Gumersindo, iomete pli alta ol la aliaj, sidis meze. La tri vizaĝoj senemocie rigardis pastron Millán. La turaj sonoriloj ĉesis bati per tri finaj frapoj pezaj, solenaj, kies vibroj restis en la aero kelkan tempon. Sinjoro Cástulo diris:

— Kun la ŝuldata respekto, pastro Millán, mi volus pagi la meson.

Kaj li metis manon en sian poŝon. La pastro rifuzis kaj repetis la mes-servanton iri eksteren por vidi, ĉu estas pliaj homoj. Same kiel la antaŭajn fojojn, la knabo eliris kun la romanco en la kapo:

Lia poŝtuko kroĉiĝis
al rubusoj ĉe la pado.
Rapide la birdoj pasas,
la nuboj pasas sen hasto…

La pastro, kun la dekstra kubuto sur la fotel-brako kaj la kapo sur la mano, refermis la okulojn. Kvankam li finis sian preĝadon, li ŝajnigis pluigon, por ke oni ne tedu lin. Sinjoro Valeriano kaj sinjoro Gumersindo samtempe informis Cástulo-n, ke ankaŭ ili proponis pagon de la meso, dum ĉiu provis superlaŭti la alian.

La servanto revenis kaj parolis tre ekscitite, ĉar li volis elbuŝigi ĉion tuj:

— Estas mulo en la preĝejo! – li fine ekkriis.

— Kion vi diras?

— Ne estas homoj! Nur mulo iel eniris kaj paŝas inter la benkoj!

La tri viroj eliris kaj baldaŭ revenis por klarigi, ke ne pri mulo temas, sed pri la ĉevalido de Franĉjo de la Muelejo, kiu kutime libere vagadis tra la stratoj de la vilaĝo. Ĉiuj loĝantoj sciis, ke la patro de Franĉjo malsanas, kaj la virinoj en la familio duonfreneziĝis. Ili ne plu zorgis pri siaj brutoj kaj pri sia eta restanta havaĵo.

— Knabo, ĉu vi refermis la pordon de la portiko, kiam vi revenis? – demandis pastro Millán.

La tri viroj asertis, ke ĉiuj pordoj estis fermitaj. Sinjoro Valeriano aldonis kun amara rideto:

— Tio estas intenca. Ja misvola ŝerco.

Ili iom cerbumis pri la eblaj kulpintoj. Cástulo akuzis Jerónima-n. Pastro Millán petis kun laca gesto, ke ili elkirkigu la ĉevalidon. Ili tri kaj la servanto reeliris, formis larĝan vicon kaj ekpelis la beston per brak-movoj. Sinjoro Valeriano diris, ke ĉio ĉi estas sakrilegio, kaj do eble oni devos rekonsekri la templon. La aliaj pensis, ke tio ne necesos.

La pelado pluis. Sur la krado de la Kristo-kapelo forĝita diablo ŝajne okulsignis. Sankta Johano levis fingron el sia niĉo kaj montris virinecan, nudan genuon. Cástulo kaj sinjoro Valeriano ekscitiĝis kaj laŭtigis la voĉon, kvazaŭ ili estus en stalo:

— Hot! Hooot!

La ĉevalido libere kuris en la preĝejo. La virinoj de la sunumejo, se ĝi ankoraŭ ekzistus, havus bonan klaĉ-objekton. La vilaĝestro kaj sinjoro Gumersindo plurfoje sukcesis alpremi la ĉevalidon al muro, sed tiu gaje henis kaj saltis inter ili aliflanken. Sinjoro Cástulo ekhavis brilan ideon:

— Malfermu la pordo-klapojn, same kiel por la procesioj. La besto vidos, ke ĝi povas eliri.

La mes-knabo rapidis fari tion kontraŭ la opinio de sinjoro Valeriano, kiu ne eltenis iniciatojn de sinjoro Cástulo en sia ĉeesto. Kiam la klapegoj apertis, la ĉevalido surprizite rigardis la lum-torenton. Malantaŭ la portiko la placo vidiĝis dezerta, kun unu domo flave farbita, kaj alia kalkita kaj kun bluaj meandroj. La mes-knabo vokis la ĉevalidon ale al la pordo. Fine la besto komprenis, ke ĝi estas ekster sia medio kaj foriris. La knabo ankoraŭ recitis tradente:

…kaj sur la tombeja kruco
haltas ĉiuj tuf-alaŭdoj.

Ili fermis la klapojn, kaj la kirko ree plenis de ombroj. Sankta Mikaelo nuda-brake svingis glavon kontraŭ drakon. En angulo lampo sparkis super la baptujo.

La tri alvenintoj eksidis sur la unua benko. La mes-servanto iris al la altarejo, genufleksis preterpasante la tabernaklon kaj malaperis en la sakristion:

— Ĝi jam foriris, pastro Millán.

La sacerdoto plu rememoris la eventojn antaŭ unu jaro. La pistoluloj devigis pastron Millán akompani ilin al la ruinoj ĉe la montaj paŝtejoj, kaj tie ili lasis lin iri sola al Francĵo.

— Francĵo! – li kriis iom time –. Jen mi. Ĉu vi vidas min?

Neniu respondis. En la embrazuro de fenestro elstaris buŝo de karabeno. La pastro ree vokis:

— Francĵo, ne estu freneza. Prefere donu vin.

Voĉo eliris el la fenestraj ombroj:

— Nur morta mi donus min. Iru flanken, por ke ili venu, se ili kuraĝas.

Pastro Millán parolis per sia plej sincera tono:

— Franĉjo, mi petas vin je viaj amatoj, je via edzino, je via patrino: donu vin.

Ne estis respondo. Fine aŭdiĝis denove la voĉo de Franĉjo:

— Kie estas miaj gepatroj? Kaj mia edzino?

— Ili estas hejme, kompreneble.

— Ĉu io okazis al ili?

— Ne, sed se vi persistos, nur Dio scias, kio povus okazi.

Tiam sekvis longa silento. La pastro vokadis Franĉjon per lia nomo, tamen tiu ne respondis. Post kelka tempo Franĉjo vidigis sin kun la karabeno en la manoj. Li aspektis laca kaj pala.

— Bonvolu respondi miajn demandojn, pastro Millán.

— Jes, mia filo.

— Ĉu mi mortigis hieraŭ iun el miaj persekutantoj?

— Ne.

— Ĉu vere? Ĉu vi certas?

— Dio min punu, se mi mensogas. Jes, mi certas.

La pastro ekkomprenis, ke tio ŝajne plibonigas la ŝancojn. Li aldonis:

— Mi venis kun la kondiĉo, ke ili ne mistraktos vin, nome, ke tribunalo juĝos vin kaj, se vi pruviĝos kulpa, vi iros en prizonon. Jen ĉio.

— Ĉu vi certas?

La pastro ne tuj respondis. Li diris:

— Tion mi petis. Iel ajn, mia filo, pensu pri viaj familianoj. Ili ne devus pagi por vi.

Franĉjo silente rigardis ĉirkaŭen. Fine li diris:

— Nu, restas al mi kvindek kugloj, kaj mi povus vendi kare mian vivon. Diru al tiuj, ke ili venu sentime, ĉar mi donos min.

De malantaŭ palisaro aŭdiĝis la voĉo de la centestro:

— Li ĵetu la karabenon tra la fenestro kaj eliru.

Franĉjo obeis.

Momentojn poste ili elirigis lin el la ruinoj, kunligis liajn manojn surdorse kaj kondukis lin al la vilaĝo per puŝoj kaj kolbo-frapoj. Franĉjo tre lamadis: tiu lamado kaj la dusemajna barbo, kiu ombris lian vizaĝon, aspektigis lin alie. Pastro Millán rigardis lin kaj kredis travidi ian kulpon sur lia mieno. La fremduloj enŝlosis lin en la municipa arestejo.

Posttagmeze la urbaj riĉulidoj venigis ĉiujn vilaĝanojn al la placo kaj faris nekompreneblajn diskursojn pri la imperio, pri la senmorta destino, pri la ordo, pri la sankta fido. Ili poste kantis himnon kun levita brako kaj etendita mano, kaj sub gravaj minacoj ordonis al la vilaĝanoj foriri kaj ne elhejmiĝi ĝis la sekva tago.

Kiam ĉiuj foriris el la placo, ili elĉeligis Franĉjon kaj du aliajn kamparanojn. La grupo pied-ire atingis la tombejon preskaŭ nokte. Malantaŭe, en la vilaĝo, restis timo-plena silento.

Lokinte ilin ĉe la muro, la centestro ekkonsciis, ke ili ne konfesis, kaj li sendis serĉi pastron Millán. La sacerdoto trovis strange, ke oni veturigas lin en la aŭto de sinjoro Cástulo, kiu proponis ĝin siatempe al la novaj aŭtoritatoj. Pastro Millán ne kuraĝis fari demandojn. Kiam la aŭto atingis la ekzekutejon, kaj li vidis Franĉjon, li tute ne estis surprizita, nur eksentis profundan demoraliziĝon. Ĉiuj tri faris sian konfeson. Unu el ili iam laboris por la familio de Franĉjo. La kompatindulo ne sciis kion li faras kaj re kaj re tradente ripetis ekster si de konfuzo: "Pastra môsto, mi pekis… Pastra môsto, mi pekis…". La aŭto mem utilis kiel konfesejo: la kaptito genuiĝis sur la piedbreto kaj la pastro sidis ene. Kiam tiu diris *Ego te absolvo*…[10], du viroj fortrenis la pentofaranton kaj rekondukis lin ĉe la muron.

La lasta konfesanto estis Franĉjo:

— Malfeliĉe mi revidas vin – li diris per tono neniam aŭdita de la sacerdoto –. Sed vi konas min, pastro Millán. Vi scias, kiu mi estas.

— Jes, mia filo.

— Vi promesis, ke tribunalo juĝos min.

— Ankaŭ min ili trompis. Kiel mi povus helpi vin? Pensu pri via animo, mia filo, kaj forgesu, se eble, ĉion alian.

— Kial ili volas mortigi min? Kion mi do misfaris? Neniu el ni tri murdis iun. Diru al ili, ke mi nenion misfaris. Vi scias, ke mi estas senkulpa, ke ni tri estas senkulpaj.

— Jes, mia filo, vi tri estas senkulpaj – sed kiel mi povus helpi vin?

— Se ili volas mortigi min, ĉar mi defendis min en la ruinoj, tion mi komprenas. Tamen la du aliaj ne misfaris.

Franĉjo kroĉis sin al la sutano de la sacerdoto kaj insistis: "Ili ne misfaris, kaj oni mortigos ilin. Ili ne misfaris". Pastro Millán ĝislarme kortuŝiĝis kaj respondis:

— Kelkfoje, mia filo, Dio permesas la morton de senkulpulo. Li permesis tion por sia propra filo, kiu estis malpli kulpa ol vi tri.

---

10 Latine: "Mi absolvas vin [en la nomo de la Patro kaj de la Filo kaj de la Sankta Spirito]".

Post tiuj vortoj Franĉjo restis paralizita, muta. Ankaŭ la pastro silentis. Malproksime, en la vilaĝo, aŭdiĝis bojantaj hundoj kaj batanta sonorilo: jam de du semajnoj tiu sonorilo funkciis tage kaj nokte.

Tiam Franĉjo diris kun despera firmeco:

— Se estas vere, ke ni ne savos nin, pastro Millán, mi havas edzinon, ŝi atendas infanon. Kio fariĝos el ŝi? Kaj kio fariĝos el miaj gepatroj?

Li parolis, kvazaŭ li estus spir-manka, kaj la pastro tradente respondis ankaŭ freneze rapide. Fojfoje ili prononcis tiel, ke la vortoj ne estis bone aŭdeblaj, sed implicaj subkomprenoj fluis reciproke. Pastro Millán haste klarigis ion pri la intencoj de Dio kaj, post longa lamentado, li demandis:

— Ĉu vi pentas viajn pekojn?

Franĉjo ne komprenis. Jen la sola frazo de la pastro, kiun li ne komprenis. Kiam la sacerdoto maŝine demandis por la kvara fojo, Franĉjo kapjesis. Tiam pastro Millán levis la manon kaj diris *Ego te absolvo…* Aŭdinte tion du viroj prenis Franĉjon je la brakoj kaj kondukis lin ĉe la muron, kie staris la kamparanoj. Franĉjo kriis:

— Kial vi mortigas tiujn du homojn? Ili ne misfaris.

Unu el ili loĝis en groto, same kiel la iama sanktoleito. Oni ŝaltis la reflektorojn de la aŭto, kie sidis pastro Millán, kaj salvo tondris preskaŭ samtempe, sen ordonoj, sen krioj. La du aliaj falis mortaj, sed Franĉjo, sango-kovrita, kuris al la aŭto.

— Vi konas min, pastro Millán – li hurlis freneze.

Li provis eniri en la aŭton sensukcese. Ĉion li makulis per sango. La pastro diris nenion kaj preĝis kun la okuloj fermitaj. La centestro almetis sian revolveron malantaŭ la orelon de Franĉjo, kaj iu ekkriis alarmite:

— Ne! Ne tie!

Oni fortrenis Franĉjon, kiu ripetis raŭka-voĉe:

— Demandu pastron Millán: li konas min.

Aŭdiĝis du aŭ tri pliaj pafoj. Poste sekvis silento, en kiu Franĉjo ankoraŭ flustris: "Li denuncis min... pastro Millán... pastro Millán...".

Ĉiam en la aŭto la sacerdoto aŭskultadis sian nomon kun la okuloj tre apertaj kaj ne plu povis preĝi. Oni malŝaltis la reflektorojn.

— Ĉu finite? – demandis la centestro.

La pastro elaŭtiĝis kaj sanktoleis la tri mortintojn helpate de la mes-knabo. Poste unu el la viroj donis al li la horloĝon de Franĉjo – nupto-donacon de lia edzino – kaj poŝtukon.

Ili revenis al la vilaĝo. Tra la fenestro pastro Millán rigardis la ĉielon, kaj rememorante la nokton, kiam li iris kun Franĉjo al la grotoj por doni la lastan ŝmiron al malsanulo, li envolvis la horloĝon en la poŝtukon kaj zorge tenis ĝin per ambaŭ manoj. Li plu ne povis preĝi. Ili preterpasis la dezertan sunumejon: oni dirus, ke la grandaj, nudaj rokoj kliniĝis unu al la alia por interparoli. Pastro Millán pensis pri la mortintaj kamparanoj, pri la kompatindaj virinoj en la sunumejo, kaj spertis ian senintencan disdegnon, kiu igis lin honti kaj senti sin kulpa.

Dum la du sekvaj semajnoj li ne eliris el la parokestrejo, krom por fari mesojn. La tuta vilaĝo estis muta kaj sombra, kiel giganta tombo. Jerónima reaperis sur la stratoj kaj iris sola al la sunumejo parolante al si mem. Tie ŝi disfoje kriadis, kiam ŝi supozis, ke neniu aŭskultas – aŭ silentis kaj nombris la spurojn de la kugloj sur la rokoj.

De tiam pasis unu jaro – kiu ŝajnis unu jarcento –, sed la morto de Franĉjo tiel freŝis, ke pastro Millán havis la impreson, ke sango-makuloj ankoraŭ restas sur liaj vestoj. Li malfermis la okulojn kaj demandis la mes-servanton:

— Ĉu do la ĉevalido foriris?

— Jes, sinjoro.

La knabo enmense recitis la finon de la romanco alterne apogante sin sur ĉiu piedo:

…kaj akceptis lin en gloro
la Sinjor' de l' kreitaro.
Amen.

En tirkesto de la sakristia ŝranko kuŝis la horloĝo kaj la poŝtuko de Franĉjo. La pastro ankoraŭ ne kuraĝis transdoni ilin al la familianoj de la mortinto.

Li eliris al la altarejo kaj ekigis la rekviemon. Nur sinjoro Valeriano, sinjoro Gumersindo kaj sinjoro Cástulo ĉeestis la meson. Dum pastro Millán prononcis *introibo ad altare Dei*[11], li repensis pri Franĉjo kaj diris al si: "Jen vero: mi baptis lin kaj mi sanktoleis lin. Franĉjo – Dio lin pardonu – almenaŭ naskiĝis, vivis kaj mortis en la sino de la Sankta Patrino Eklezio". Li kredis aŭdi sian nomon el la lipoj de la falinta agonianto: "…pastro Millán". Kaj penso samtempe terura kaj kortuŝa trafis lin: "Por la ripozo de lia animo mi faras nun ĉi tiun rekviemon, kiun volas pagi liaj malamikoj".

FINO

---

11 Latine: "mi venos al la altaro de Dio".

NePIVaj vortoj en la libro

ĉendi Ekbruligi.

halelujo Haleluja-kanto.

kato-truo Truo en dompordo, por ke katoj, eventuale aliaj hejmbestoj, povu en- kaj eliri sen homa interveno.

klinklango Sonoril-bat(ad)o (prefere al la malbela sonkolizia formo *klingklango*). Jen du kuriozaj paroj: *Honkongo* / *Hongkongo* (ambaŭ en PIV2) kaj *Bankoko* (PIV1) / *Bangkoko* (PIV2).

mustaĉo Lipharoj.

pluvialo Mantelo de episkopoj kaj sacerdotoj, ordinare riĉe brodita, por procesioj kaj similaj ritoj.

protagonado Ĉefrolado.

spozo Nov-edzo.

sun-vitroj Sun-okulvitroj.

ŝaperono Persono, kiu akompanas gejunulojn por certigi ĉastan konduton.

Mi elkore dankas sinjorojn Edmund Grimley Evans kaj Joxemari Sarasua pro iliaj sagacaj konsiloj kaj sugestoj por plibonigi la manuskripton.